아재개그

아재개그

개정판 1쇄 인쇄·2024년 11월 4일
개정판 1쇄 발행·2024년 11월 11일

엮은이·유머를 즐기는 모임
펴낸이·이춘원
펴낸곳·책이있는마을
기획·강영길
편집·이경미
디자인·블루
마케팅·강영길

주소·경기도 고양시 일산동구 무궁화로120번길 40-14(정발산동)
전화·(031) 911-8017
팩스·(031) 911-8018
이메일·bookvillagekr@hanmail.net
등록일·2008년 4월 24일
등록번호·제396-00037호

ISBN 978-89-5639-359-9 (03810)

아재개그

유머를 즐기는 모임 엮음

한번 빠지면
아이 어른 다 죽는

"유치하지만 귀여워~"
젊은 층이 열광하는 아재개그

송해 할아버지가 목욕을 하면? "뽀송뽀송해."

전화기로 세운 건물은 "콜로세움."

몇 년 전부터 등장하여 "뭐야~." 하고 핀잔 받던 아재개그가 요즘 더욱 확산되며 어느새 개그 코드 중 하나로 자리 잡았다. TV 토크 프로그램의 연예인이 돌연 생뚱맞은 아재개그를 날린다. 처음엔 썰렁하다고 눈총 주기 바빴는데 이젠 재치와 그 시의적절함을 은근히 부러워하는 눈치다.

과거 참새 시리즈와 최불암 시리즈, 한 줄짜리 썰렁개그의 연장선에 있는 아재개그는 의성어와 의태어를 활용하고, 우리말과 영어를 섞어서 구사하되 그 적절한 타이밍이 요구된다. 그리고 박장대소는 힘들고 너무 웃으면 격이 떨어져 약간 시크하게 웃고 나면 그만인 개그다. 한때 세대 차의 상징처럼 여겼던 이 썰렁개그에 지금은 오히려 젊은 층이 열광하는데, 그 이유를 물어보면 '안 웃긴데 웃기고', '들을수록 중독된다'는 것이다.

처음 쿡방 셰프의 입에서 시작된 아재개그 열기는 오락, 토크 프로와

드라마는 물론 직장생활과 일상으로까지 그 열기가 확산되었다. 또 정치권으로도 옮겨가 "회를 먹으니까 진짜 회식이네.", "자꾸 연대, 연대하면 고대 분들 섭섭해하신다."라는 정치인의 말도 화제가 됐다.

말꼬리 잡기 식의 유치한 농담을 즐기는 '아재'라는 존재는 권위적이고 폭압적인 중년 남성을 일컫는 '꼰대'나 '개저씨(개념 없는 아저씨)'와는 사뭇 그 이미지가 다르다. 젊은이들과 소통하려고 애쓰는 '귀여운 아저씨'라는 이미지를 주는 것이다. 반찬 투정 대신 맛있는 요리를 해주는 부드럽고 친근한 아저씨, 실시간 채팅에서 일일이 답변하는 너그러운 중년 신사, 아이들을 사랑하고 존중해주는 육아 아빠들······.

'꼰대'와 '개저씨'로 기득권층에 대항하던 신세대들이 '아재개그'와 함께 시대와 소통하려는 자세에 응원과 열광을 보내준다. 기득권 세력을 향한 조롱과 연민, 애정이 뒤섞인 복합적인 감정을 토대로 묘한 세대 간의 공감을 불러일으킨다.

소통으로부터 소외된 기성세대의 앙탈을, 젊은 세대와 소통하고자 안간힘 쓰는 중년들의 애잔한 몸부림을 피식 웃어 받아주는 젊은이들⋯⋯. 성장 배경이 다르고 시대를 대하는 시선은 달라도 사실 똑같이 외롭고 서로의 소통을 그리워하는 존재인 것이다. 그래서 썰렁한 농담, 유치한 말장난을 즐기는 아재개그의 열풍은 한동안 가라앉지 않을 것 같다.

젊은이들이 기성세대를 받아들이려고 노력할 때 어른들도 젊은 세대의 고충을 좀 더 세심하고 따뜻하게 공유할 수 있어야 한다. 그러려면 먼저 그들의 언어부터 배워야 한다.

생선 : 생일선물, 문상 : 문화상품권, 교카충(버카충) : 교통(버스) 카드 충전, 극혐 : 극도로 혐오한다, 취존 : 취향 존중, 패완얼 : 패션의 완성은 얼굴, 세젤예(세젤귀) : 세상에서 제일 예쁘다(귀엽다), 솔까(솔까말) : 솔직히 까놓고 말해서, 낄끼빠빠 : 낄 데 끼고 빠질 데 빠져라, 번달번줌 : 번호 달라고 하면 번호 줌? ⋯⋯

요런 정도는 '껌'이지 않을까?

차례

1장 아재개그 시리즈

01 | 음식 시리즈

세상에서 가장 야한 음식은?

– 버섯

세상에서 가장 긴 음식은?

– 참기름

그다음으로 긴 음식은?

– 들기름

파 중에 가장 인기 있는 파는?

– 파스타

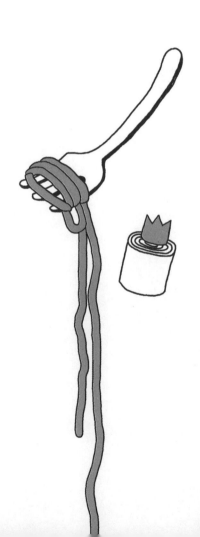

세상에서 가장 뜨거운 과일은?

− 천도복숭아

맥주가 죽기 전에 남긴 말은?

− 유언비어

오리를 생으로 먹으면?

− 회오리

싸움을 잘하는 오리는?

− 을지문덕(dock)

초밥이 이에 끼면?

− esc

딸기가 힘이 세면?

− 스트롱베리

딸기가 달아나면?

− 딸기잼

딸기가 직장을 잃으면?
– 딸기시럽(실업)

깨가 죽으면?
– 주근깨

지금 몇 시 몇 분이야?
– 짜장면시 키신분

추장보다 높은 사람은?
– 고추장

고추장보다 높은 사람은?
– 초고추장

초고추장보다 높은 사람은?
– 태양초고추장

오이가 무를 때렸다. 다음 날 신문에 무슨 기사가 났을까?
– 오이무침

김밥이 사는 곳은?

– 김밥나라

김밥이 죽으면 가는 곳은?

– 김밥천국

김밥이랑 참깨가 싸웠는데, 김밥이 경찰서에 끌려갔다. 왜?

– 참기름이 고소해서

이튿날 참깨도 붙잡혀갔다. 왜?

– 라면이 불어서

소금, 간장, 참기름이 김밥을 죽였다. 그런데 참기름만 붙잡혀간 이유는?

– 소금과 간장이 짜서

참기름을 먹을 수 없는 이유는?

– 고소공포증이 있어서

맛있는 김은 구우면 안 돼. 왜?

– 김이 죽응께~~(기미주근깨)

명란젓한테 여자친구가 생겼다. 이름은?
– 명란젓깔

복숭아가 결혼하면?
– 웨딩피치

잼있냐?
– 냉장고에 있어

삶은?
– 계란

내 키보다 높이 손을 올리면?
– 키위

구겨지려면 구기자를 먹는다. 피려면 무얼 먹어야 할까?
– 피자

사과가 웃으면?
– 풋사과

사과가 돌에 채어 파이면?

– 파인애플

아몬드가 죽으면?

– 다이아몬드

우주인들이 술 마시는 곳은?

– 스페이스 바

아이스크림이 죽으면?

– 다이하드

아이스크림이 도로에서 죽었다. 왜?

– 차가 와서

바나나를 먹으면 나한테 바나나(반하나)?

곶감 먹으러 곧감(곧 감)

세종대왕이 좋아하는 초콜릿은?
– 가나

'초콜릿이 달다'를 네 글자로 하면?
– 가나다라

무가 눈물을 흘리면?
– 무뚝뚝

포도의 자기 소개말
– 난 포도당

전주비빔밥보다 맛있는 비빔밥은?
– 이번 주 비빔밥

'두 아버지와 한 어머니'를 네 글자로 줄이면?

– 두부한모

해와 소금은 사귄 지 며칠이 됐을까?

– 1000일(천일염)

새우랑 고래가 싸우면 누가 이길까?

– 새우 : 새우는 깡이 있고, 고래는 밥이다

사극에 새우가 출연한다고?

– 대하사극

짱구와 오징어의 차이점은?

– 오징어는 말려도 짱구는 못 말려

하늘에서 콩이 두 개 떨어지면?

– 스카이 콩콩

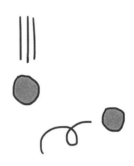

자동차가 푸를 때리면?
- 카푸치노

오렌지를 먹어본 지 오랜지

참외를 먹으니 참 외롭네

배에서 배를 먹으니 배가 아프다

이 망고가 얼망고?

수박인데 그럴 수밖에 없지

가지 먹고 참 가지가지 하네

멜론 먹고 메롱해

당근은 역시 당근이지

파트라슈빵에 팥드랐슈(팥 들었슈)

포도 먹고 포도청 찾지 마~

감이 그러대, 오늘 감이 안 좋다고

감자 먹고 눈감자

고로케가 고로케(그렇게) 맛있니?

순댓국이랑 술 마실 때 들깨를 넣으면 안 되는 이유는?

– 술이 들깨(덜 깨)

도둑이 싫어하는 과자는?

–누네띠네

02 | 동물 시리즈

원숭이를 불에 구우면?

- 구운몽

곰은 사과를 어떻게 먹을까?

- 베어(bear) 먹지

높은 곳에서 애를 낳는 동물은?

- 하이(high)에나

매가 싸우면?

- 워(war)매워매~

눈이 좋은 사슴은?

- 굿아이디어

토끼가 호랑이에게 킥보드를 주면서 하는 말
- 타이거

세상에서 가장 착한 사자는?
- 자원봉사자

거북이가 길을 가다가 오바이트를 했다. 왜?
- 속이 거북해서

저팔계가 정육점에서 하는 말은?
- 저 팔게요

개미네 집 주소는?
- 허리도 가늘군 만지면 부러지리

금은 금인데 도둑고양이에게 가장 어울리는 금은?
- 야금야금

소가 웃는 소리를 세 글자로 하면?
- 우하하

수소가 암소의 발을 밟았을 때 하는 말?
- 암소 쏘리

A젖소와 B젖소가 싸움을 했는데, B젖소가 이겼다. 이유는?
- A젖소는 "에이 졌소", B젖소는 "삐졌소?"

파란 소가 용을 구했다?
- 청소용구함

고기 먹을 때마다 따라오는 개는?
- 이쑤시개

'개가 사람을 가르친다'를 네 글자로 줄이면?
- 개인지도

네 마리의 개가 절을 한다?

– 사계절

허구한 날 미안한 동물은?

– 오~~ 소리

오락실에 사는 두 마리 용은?

– 일인용 이인용

'코끼리 두 마리가 싸우다가 둘 다 코가 부러졌다'를 네 글자로 줄이면?

– 끼리끼리

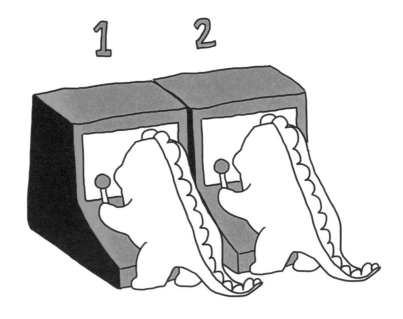

03 | 세계 시리즈

세상에서 가장 뜨거운 바다는?

– 열받아

전화기로 세운 건물은?

– 콜(call)로세움

세상에서 가장 추운 바다는?

– 썰렁해

세상에서 가장 무서운 전화는?

– 무선전화

그렇다면, 가장 뜨거운 전화는?

– 화상전화

'샤'라는 나라가 있는데 그 나라가 전쟁을 하면?

– 샤워

사람이 죽지 않는 산맥은?

– 안데스 산맥

"너 프랑스에 갔다 왔어?"

– 그럼 불어 봐

자동차가 세 대 있다

– 스리랑카

식인종은 우사인 볼트를 뭐라고 할까?

– 패스트푸드

타이타닉의 구명보트에는 몇 명이 탈 수 있을까?

– 9명(구명보트)

새로 나온 욕은?

– 뉴욕

11월에는 왜 뱀이랑 벌이 없을까?

– 노뱀벌(november, No뱀·벌)

해를 관찰하는 기자는?

– 해리포터

마녀가 하늘로 올라갈수록 강해지는 이유는?

– witch 에너지가 증가해서

디지몬 중 가장 외로운 디지몬은?

– 솔로몬

26

한국은 원, 일본은 엔, 호주는?

– 호주머니

싸움을 가장 좋아하는 나라는?

– 칠레

왕이 넘어지면?

– 킹콩

산타할아버지가 제일 증오하는 자동차 이름은?

– 산타페

노인들이 가장 좋아하는 폭포는?

– 나이아가라(나이야~ 가라!)

바다와 육지 사이엔 뭐가 있을까?

– 와

뼈가 있는 방?

– 골룸

'나는 자전거를 못 탄다'를 영어로 하면?

– 모터사이클

백인이 보드를 타면?

– 화이트보드

28

르크가 잠자면?

– 잔다르크

세상에서 가장 큰 여자는?

– 태평양

마그마가 흐르면 내가 마그마

베트남에선 침도 못 뱉으남?

시드니에 가면 꽃이 시드니?

대만 가서 몇 대만 맞자

지도가 있으면 그럴지도

비키니 입으면 사람들이 비키니?

빵이 목장에 간 이유는?

– 소보로

담배가 목장에 간 이유는?

– 말보로

영국 축구 대표 팀에서 뛰는 일본 선수

– 왜인 루니

아마존엔 누가 살까?

– 아마… John?

흑인은 어떻게 울까?

– 흑흑

차가 울면?

– 잉카

04 | 가족 시리즈

아기가 태어나면 의사가 엉덩이 때리는 이유는?

– 생일빵

인사하면서 웃으면?

– 하이킥

설날에 용돈을 하나도 못 받으면?

– 설거지

인천 앞바다의 반대말은?

– 인천 엄마다

남자는 힘, 여자는?

― her

모든 싱글에게는 짝이 있나니

― 벙글

길거리에서 누가 툭 칠 때 해야 할 일은?

― 친자확인

형이랑 아우가 싸웠는데 다들 아우 편만 들었다. 이런 상황을
뭐라고 할까?

― 형편없는 세상

지진 날 때 절대 부르면 안 되는 노래는?

― 동요

대머리가 사랑에 빠지면 위험한 이유는?

― 헤어(hair)나올 수가 없어서

네 가족이 63빌딩에서 투신자살했는데 모두가 살았다. 그 이유는?

– 아빠 : 기러기 아빠

　엄마 : 새엄마

　아들 : 비행청소년

　딸 : 덜떨어져서

할아버지가 좋아하는 돈은?

– 할머니

할머니가 제일 좋아하는 배는?

– 할배

'아홉 명의 자식'을 세 글자로 줄이면?

– 아이구

05 | 학원 시리즈

세상에서 가장 지루한 중학교는?

– 로딩중

고등학생이 제일 싫어하는 나무는?

– 야자나무

3월에 대학생들이 강한 이유는?

– 개·강·해·서

사오정이 다니는 고등학교는?

– 뭐라고

칠판이 웃으면?
– 킥보드

신발이 화나면?
– 신발끈

피아노를 던지면?
– 어떻게 피하노

박재범이 대학교에 다시 들어가면?
– 재입학

한신대 면접 있습니다
– 어, 지금 두 신데?

화장실에서 방금 나온 사람은?
– 일본 사람

칼이 정색하면?
– 검정색

반성문을 영어로 쓰면?

– 글로벌

실내화의 자기소개말

– 익스큐즈미

국사책이 불에 타고 있는 걸 본 스님의 말

– 불국사

중학생과 고등학생이 타는 차는?

– 중고차

노인들이 싫어하는 대학교는?

– 연세대학교

06 | 연예인 시리즈

세상에서 가장 야한 가수는?

– 다비치

몸에 굉장히 해로운 바지는?

– 유해진

김태희가 차를 몰고 가다 이완을 만났을 때 하는 말은?

– 타이완(타~ 이완!)

배드민턴 경기할 때 가장 편파판정이 심한 연예인은?

– 유아인(you are in)

누룽지를 영어로 하면?

-바비 브라운

님아, 그 강을

- 아사다마오

"체리야" 하고 부르면 대답하길

-체리블로썸?

어부들이 가장 싫어하는 연예인은?

- 배철수

슈렉 어머니의 직업은?

- 녹색어머니

몇 시경에 도착한다고 했지?

- 성시경

나 어제 성시경 봤다!

- 거리에서

이효리가 타고 다니는 차는?

– 갯~차!

아이비가 타고 다니는 차는?

– 유혹의 소나타

빅뱅이 자주 가는 쇼핑몰은?

– 몰몰~

슈퍼주니어 멤버 신동 옆에 있는 사람은?

– 신동엽

어린 시절 비는?

– 아이비

비가 자신을 소개할 때 하는 말은?

– 나비야

비를 모르는 사람한테 물어보는 말은?

– 너비아니

비가 덮는 이불은?
- 컴온요

비 매니저는?
- 비만관리

'가수 비가 LA에 갈 계획이다'를 네 글자로 줄이면?
- LA갈비

인기 스타 비를 누른 가수가 있다. 누가?
- 클릭 비

비와 내가 함께 있으면?
- 비엔나

비가 한 시간 동안 오면?
- 추적 60분

비 친구가 비에게 사우디 아냐고 물어보는 말
- 사우디알아비야?

비가 빅뱅에 안 들어간 이유는?
- 태양을 피하려고

총이 움직이면?
- 이동건

탑이 좋아하는 나라는?
- 노르웨이(그댈 위해서 불러왔던 내 모든 걸 다 바친 노~~래 ♪)

청바지를 땅에 심으면?
- 심은진

나나가 지구에 왔어요!
- 지구온난화

콩 한 알을 영어로 하면?
- 원빈

원빈이 타고 다니는 말은?
- 웃기지 마

동생이 박 좀 달라고 해서 형이 동생한테 박을 줬어. 이 상황을
뭐라고 할까?

  – 박준형

소가 이민 가면?

  – 이민우

텔레토비에서 뽀가 집에 가면?

  – 뽀빠이

호란이 아프면?

  – 병자호란

테이가 죽은 이유는?

  – 가슴 아파서 목이 메어서

송해가 믿는 종교는?

  – 송혜교

송해가 목욕을 하면?
- 뽀송뽀송해

티파니가 시장에서 티 파니?

구준표가 영화 보라구 준 표

김나영이 똥 누면 김 나영
이나영은 이 빠져도 이 나영

구혜선을 구해선 안 돼!

구하라를 구하라!

강호동은 강호동에 사니?

너 샤이니랑 아는 샤이니(사이니)?

샤이니는 링딩동에 사나?

샤이니가 다니는 고는 아미고

안소희는 벌에 안소희(안 쏘이)나?

김태우가 김 구우면 김 태우나?

써니가 무 써니?

유리가 유리창 깼대

형돈아 형 돈 좀

강혜정은 뭘 해도 강해정

태연이가 있어 태연한 척

수영이 잘하는 운동은 수영

44

이승기가 드디어 승기를 잡았어!

명수가 몇 명이니?

신지가 누구신지?

변기수 씨 왜 변기 수를 세요?

정준하가 정 주나?
이파니가 치과에서 이 파니?

거미가 거미 밟음

대조영 아저씨 돈 좀 대줘영

장보고가 장 보고 오래

원더걸스가 즐겨 먹는 쌀은?
– 텔미

45

소녀시대가 타는 차는?

– 제시카

그 차에 넣는 기름은?

– 키싱유

신사의 자기소개 인사말?

– 신사임당

세계 최강의 잠꾸러기는?

– 이미자

주진모가 결혼하면 장모한테 불리는 말

– 주사위

07 | 기타 시리즈

소나무가 삐치면?

−칫솔

불이 네 개 있으면?

− 사파이어

침대를 밀고 돌리는 것은?

− 배드민턴

하느님이 버스에서 내리면서 하는 말

− 신내림

잘생긴 부처님은?

– 부처핸섬

스님이 따라 내리면서 하는 말

– 중도하차

앉아서 절을 하면?

– 좌절

신하가 왕에게 공을 던지며 하는 말?

– 송구하옵니다, 전하

왕이 궁에 들어가기 싫다고 하는데?

– 궁시렁 궁시렁

세 개의 성에 불이 났다!

– 삼성화재

자가용의 반대말은?
– 커용

해가 울면
– 해운대

축구공이 웃으면?
– 풋볼

D가 잠자면?
– 잔디

'산에 불이 났다'를 두 글자로 줄이면?
– 산타

'붉은 길에 떨어져 있는 동전'을 줄여서 말하면?
– 홍길동전

식목일에 나무 네 그루를 심으면?
– 포트리스

고깃집 회식 때 부장이 한 말
- 회식이 아니라 고기식이네

서울시민 모두가 동시에 외치는 말은?
- 천만의 말씀

보내기 싫으면?
- 가위나 바위를 낸다

엘리베이터에서 스타킹을 조심하라고?
- 올라가니까

입이 S자로 되어 있으면?
- EBS

타기만 해도 속이 안 좋아지는 배는?
- 거북선

사람들을 다 일어나게 하는 숫자는?
- 다섯

'용이 승천하다'를 네 글자로 줄이면?

- 올라가용

의사들이 좋아하는 시간은?

- 네 시경(내시경)

세탁소 주인과 카센터 사장이 좋아하는 차는?

- 구기자차

귀가 불타면?

- 타이어

자동차가 놀랐다

- 카놀라유

그랜저가 죽으면

- 그랜다이저

얼음이 죽으면

- 다이빙

'회의하러 간다'를 세 글자로 줄이면?

- 회의감

창문 백 개 중에 두 개가 깨지면?

- 윈도우98

창문을 깼는데 피가 안 나면?

- 윈도우 XP

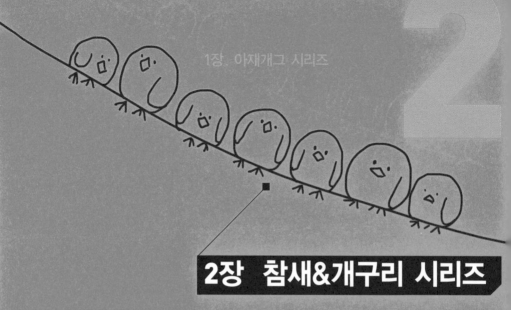

1

참새 일곱 마리가 전깃줄에 앉아 있었다.

포수가 살금살금 다가가 여섯 마리의 참새를 쏴 죽였다. 그런데 달아나지도 않는 마지막 참새 한 마리는 그냥 놔두는 것이었다.

그 참새가 포르르 날아가면서 포수에게 하는 말,

"아저씨! 애들 또 데리고 올게요."

그 참새는 프락치 참새였다.

2

아빠 참새와 엄마 참새가 전깃줄에 앉아서 쉬고 있을 때 포수가 총을 쏘는 바람에 둘 다 맞았다.

땅으로 떨어지면서 두 참새는 아직 날지도 못하는 어린 새끼 참새

한테 짤막한 유언을 남겼는데,

"너희는 절대로 전깃줄에 앉지 말거라."

3

참새대학교 어느 과 앞 전깃줄에 50마리의 참새가 질서정연하게 앉아 있었다. 포수가 군침을 삼키며 막 총을 겨누는데, 문득 이상한 점이 눈에 띄었다. 대부분 노란 팬티를 입고 있었는데 그중 하나는 빨간 팬티, 둘은 파란 팬티를 입고 있었고, 게다가 한 마리는 노팬티였다.

의아히 여긴 포수가 앞에 앉은 참새에게 물어보았다.

"너희들, 지금 뭘 입고 있는 거니?"

참새가 대답했다.

"과 팬티요."

"근데 파란 것, 빨간 것은 뭐지?"

"쟤들요? 파란 팬티 둘은 과 대표·부대표구요, 빨간 것은 우리 과 유일한 여학생이에요."

"그럼 노팬티는?"

"아! 쟤요, 쟨 학생회비를 안 냈거든요."

4

예쁜 참새와 못생긴 참새가 전깃줄에 앉아 놀고 있었다.

포수가 몰래 다가가서 총을 쏘았는데 못생긴 참새가 맞았다.

그 못생긴 참새가 떨어지면서 하는 말,

"아저씨. 나 말고 한 마리 더 있어요."

그러자 예쁜 참새는 이렇게 되받는 것이었다.

"포수 아저씨, 쟤 아직 안 죽었어요. 더 쏘세요."

5

참새 100마리가 전깃줄에 앉아 있었다. 포수가 다가가 총을 쏘았더니 다른 참새는 다 멀쩡한데 유독 100번째 참새만 떨어졌다.

그 이유는 이랬다.

포수가 다가가 총을 겨누자 그 모습을 본 첫 번째 참새부터 총알, 총알, 총알 하고 뒤로 전달을 하여 99번째 참새까지 왔는데, 그 99번째 참새는 이가 빠져서 총알을 콩알로 발음했다. 그래서 100번째 참새는 총알이 콩알인 줄 알고 잽싸게 받아먹었던 것이다.

6

전깃줄에 주윤발 참새와 왕조현 참새, 그리고 티파니 참새가 앉아 있었다.

그런데 갑자기 주윤발 참새와 왕조현 참새가 추락해 죽어버렸다. 포수가 총도 안 쏘았는데 말이다.

왜일까?

—주윤발 참새가 "사랑해요" 하자, 왕조현 참새는 "반했어요" 했다. 그러자 옆에서 그 꼴을 본 티파니 참새가 화가 난 나머지 "흔들어주세요." 하며 줄을 흔드는 바람에 두 마리가 떨어져 죽었다.

7

전깃줄에 참새 네 마리가 앉아 있을 때 포수가 총을 쏘았다. 그러자 그중 한 마리가 총알을 맞아 떨어졌고, 나머지 참새 세 마리는 후다닥 어디론가 날아가버렸다.

그들은 어디로 간 걸까?

—한 마리는 경찰을 부르러 갔고, 한 마리는 장의사를, 그리고 나머지 한 마리는 사망신고 하러 동사무소에 갔다.

8

포수가 전깃줄에 일렬로 앉아 있던 참새를 향해 총을 쏘았는데 맨 뒤에 앉은 참새가 맞았다.

그 이유는 다음과 같다.

-1970년대 전반기 : 누가 맞았나 하고 맨 뒤 참새가 고개를 들어 보다가.

-1970년대 후반기 : 맨 뒤 참새만 수컷이었고 다른 참새는 모두 암컷이었다. 총알이 가랑이 사이로 날아갔다.

-1980년대 전반기 : 총알이 최대값을 가지는 2차함수로 날아갔다.

-1980년대 후반기 : 앞의 참새들은 전부 올챙이춤으로 머리를 좌우 이동시키고 있었는데, 맨 뒤 참새는 목 닦고 얼굴 닦는 박남정춤을 추고 있었다.

목욕탕에서

어느 날 개구리가 목욕탕에 목욕을 하러 갔다. 그런데 문 앞에, '야구공이 입에 들어가는 개구리만 입장 가능!'이라는 푯말이 붙어 있었다. 그래서 개구리는 집으로 돌아가 입을 크게 하는 연습을 한 다음 다시 목욕탕엘 갔다.

그런데 이번에는 '소프트볼을 입에 넣을 수 있는 개구리만 입장 가능!'이라고 붙어 있었다. 실망한 개구리는 다시 집으로 돌아갔다. 그리고 훈련을 거듭하여 소프트볼을 입에 넣을 수 있을 정도가 돼서야 자신 있게 목욕탕을 찾아갔다. 그런데 이번에는 '축구공이 입에 들어가는 개구리만 입장 가능!'이라고 쓰여 있는 게 아닌가!

낙심하여 귀가한 개구리는 축구공을 삼켜보려고 갖은 수를 다 써보았지만 결국 실패하고 말았다.

하지만 그 개구리는 포기를 모르는 개구리였다. 오기가 솟아 그 즉시 성형외과로 달려가서 수술을 하여 입을 아주 크게 만들었다.

축구공이 들어가고도 남을 정도로 입이 커진 개구리는 이제 여유만만한 표정으로 다시 목욕탕으로 향했다.

하지만 목욕탕 입구에 붙어 있는 푯말을 보고는 그 자리에서 뻗어버리고 말았다.

－목욕탕 내부수리 중, 개장일 미정!

저승에서

이승에서 입이 너무 작다는 죄로 날마다 하마의 등을 밀어야 했던 개구리가 죽어서 저승에 갔다.

저승에 가서 보니 그렇게 마음이 놓일 수가 없었다. 자기보다 입이 큰 개구리가 하나도 없었던 것이다. 개구리는 마음을 푹 놓고 목욕탕에 들어가보았다. 역시 그곳에도 자기보다 입 큰 짐승은 없었다. 개구리는 무척 기쁜 마음으로 수건을 떡하니 던지며, "야, 너희들 내 때 좀 밀어봐라." 하고 말했다.

그런데 이게 웬일인가? 때를 밀어주기는커녕 다들 한심하다는 눈초리로 비웃고 있는 게 아닌가?

이승과 달리 저승에서는 입이 작은 짐승이 대접을 받고 있는 것이었다.

담배 심부름

착한 개구리가 담배 심부름을 갔는데, 마침 뱀이 담배를 팔고 있었다. 착한 개구리는 무서웠지만, 그 뱀이 무얼 먹고 사는지 무척 궁금했다. 그래서 모기만 한 목소리로 물어보았다.

"뱀님, 뱀님은 무얼 먹고 살아요?"

그러자 뱀이 음흉한 눈길을 던지며 말했다.

"착한 개구리 잡아먹고 살지."

그러자 착한 개구리는 매우 거들먹거리며,

"아따, 그러셔? 담배 한 보루 줘보드라고!"

혀 꼬부라진 개구리

미국으로 유학을 다녀온 개구리가 있었다.

그 개구리가 모처럼 고국의 들판에 나가보니 풀을 뜯고 있던 소 한 마리가 보였다. 개구리가 그 소에게 다가가 혀 꼬부라진 말투로 물었다.

"소야 소야, 넌 무얼 먹고 사니?"

소가 대답했다.

"풀을 먹고 산다."

그러자 개구리는 혀를 최대한으로 굴리며, "오우, 샐러드(Oh! salard!)" 하고 말했다.

개구리가 이번에는 산속에 들어갔다가 호랑이를 만났다. 개구리가 또 물어보았다.

"호랑아 호랑아, 넌 무얼 먹고 사니?"

"고기를 먹고 산다."

개구리는 이번에도 혀를 잔뜩 굴리며, "오우! 스테이크(Oh! steak)!" 하고 말했다.

개구리가 이번에는 숲길로 접어들었다.

한참을 가다가 이번에는 뱀을 만났다.

"뱀아 뱀아, 넌 무얼 먹고 사니?"

그러자 뱀은 혀를 날름거리면서, "나? 난 너처럼 혀 꼬부라진 소리하는 놈을 잡아먹지."

그러자 개구리가 안색을 싹 바꾸면서 이렇게 말했다.

"아따, 성님도! 거시기하게 왜 그런다요?"

코만도 개구리의 말

코만도 개구리와 람보 개구리는 둘다 브룩 실즈 개구리를 사랑했는데 브룩 실즈 개구리는 코만도 개구리를 선택했다. 코만도 개구리와 브룩 실즈 개구리는 행복한 나날을 보냈다. 하지만 어느 날 코만도 개구리 앞으로 징집 영장이 날아들었고, 둘은 변치 않는 사랑을 약속하고 아쉬운 작별을 했다.

그런데 코만도 개구리가 없어지자 람보 개구리가 브룩 실즈 개구리에게 강력한 구애를 시도했다. 처음엔 시큰둥했지만 람보 개구리의 피나는 노력에 브룩 실즈 개구리도 마음을 돌리게 되었다. 결국 두 개구리는 결혼을 약속하게 되었고, 부대에서 그 소식을 들은 코만도 개구리는 속이 뒤집힐 지경이었다.

람보 개구리와 브룩 실즈 개구리가 결혼을 하던 날, 참다 못한 코만도 개구리가 M60 기관총을 들고 부대를 탈영했다.

마침내 웨딩마치가 울려퍼지고, 신랑 신부 개구리가 입장하는 순간 코만도 개구리가 총을 들이대면서 변심한 그들에게 소리쳤는데, 뭐라고 했을까?

"개굴개굴!"

귀 큰 개구리

밖에서 놀던 아기 개구리가 울상이 되어 집에 돌아왔다. 이유를 물어보니, 친구들이 자기 귀가 크다고 놀린다는 것이었다.

엄마 개구리가 달래주었다.

"괜찮아. 네 귀는 별로 크지 않아."

"거짓말."

"정말이래두."

엄마 개구리는 한참 동안이나 아기 개구리를 달래주었다.

이윽고 마음이 진정된 아기 개구리가 고개를 들며 말했다.

"엄마, 나 귓속이 가려워."

그러자 엄마 개구리가 하는 말,

"그래, 귀 후벼줄 테니 헛간에 가서 삽 좀 가지고 오너라."

3장 바보 시리즈

항아리

바보가 엎어놓은 항아리를 보고는 깜짝 놀랐다.
"세상에, 어떻게 아가리도 없는 항아리가 있지?"
이번에는 그 항아리를 기울여보면서,
"어렵쇼, 이 항아리는 밑바닥도 없네?"

대책 없는 아들

한 마을에 바보 일가가 살고 있었다.
하루는 엄마가 외갓집에 가고 아빠가 밥을 짓게 되었다. 그런데 쌀
그릇을 들고 우물가로 간 아빠가 그만 실족을 하여 우물에 빠지고 말

았다.

다음 날 집에 돌아온 엄마가 아들에게 물었다.

"얘, 아빠는 어디 가셨니?"

아들이 시큰둥한 표정을 지으며 말했다.

"모르겠어요. 어제 우물 근처에 가서 살려달라고 소리치더니 그 뒤로는 영 안 보이더라구요."

"그, 그래서?"

"이젠 괜찮으신가봐요. 어젯밤부터는 아무 소리도 안 들리던데요."

너와 나만 가지고 있는 것

머리가 아주 나쁜 신랑이 결혼을 했다.

신혼여행을 떠나기에 앞서, 아들이 걱정됐던 신랑의 아버지는 아들에게 휴대용 소형 무전기를 주면서 모르는 것이 있으면 수시로 물어보라고 했다.

일일이 아버지의 가르침을 받아가며 신혼초야를 치르게 된 신랑.

아버지가 지시했다.

"먼저 목욕을 해라. 그리고 나서 옷을 벗기고 부드럽게 애무하면서 너와 나만 가지고 있는 그걸 여자의 그곳에 집어넣는 거야."

"별로 어려운 것도 아니네요, 뭐."

교신을 끝낸 아들은 히죽히죽 웃으면서 들고 있던 무전기를 신부의 그곳에 집어넣었다.

신선하게

A : 우리 마누라는 항상 신선한 것만을 추구해.

B : 그래?

A : 응, 모유를 싱싱하게 보관해야 한다고 하면서 항상 얼음주머니를 젖가슴에 대고 다니거든.

어떤 환자

어떤 환자가 병원으로 의사를 찾아와서 말했다.

"한 가지 묻고 싶은 게 있습니다."

"말씀하세요."

"지금으로부터 꼭 1년 전, 제가 진찰을 받았을 때 선생님께선 신경통이라면서 물을 멀리할 필요가 있다고 하셨습니다."

"그래요? 그런데요?"

"예, 제가 궁금한 게 바로 그 점입니다. 언제쯤 목욕을 해도 되겠느냐는 거죠?"

마스크를 하는 이유

엄마를 따라 병원에 온 아들이 갑자기 엄마한테 물었다.

"엄마, 의사들은 수술할 때 왜 마스크를 하는 거지?"

그러자 엄마는 이렇게 말해주는 것이었다.

"그야 수술이 실패하더라도 환자가 자기 얼굴을 기억하지 못하게 하려고 그러는 거겠지."

파리 죽이는 법

바보가 입을 딱 벌린 채 낮잠을 자고 있는데 입안으로 파리가 들어왔다.

이때 세 바보는 저마다 파리를 죽이는 법을 터득했는데,

— 첫 번째 바보 : 입안에 에프킬라를 뿌린다.

— 두 번째 바보 : 파리를 목구멍까지 유인한 다음 목졸라 죽인다.

— 세 번째 바보 : 혀로 눌러버린다.

우는 까닭

막 시골에서 올라온 부자가 버스를 탔다.

그런데 내릴 때가 되자 문 앞에 선 두 부자는 갑자기 대성통곡을 하는 것이었다.

이상하게 여기던 주위 사람이 그 까닭을 물었다.

그러자 그들 부자는 연신 눈물을 질질 짜면서 자동문 위를 가리켰는데, 거기에는 이렇게 쓰여 있었다.

— 부자가 울리면 문이 열립니다.

누구게

한참 모자란 병구가 레스토랑에 들어갔는데, 때마침 그 식당에는 우스개 이야기를 곧잘 하는 웨이터가 있었다.

"손님, 기다리기 지루할 텐데 음식이 나오기 전에 제가 재미있는 얘기 하나 해드릴까요?"

"해주세요."

웨이터가 말했다.

"저희 어머니께서 아이 하나를 낳았는데, 제 동생도 아니고 형이나 누나도 아닙니다. 대체 누구일까요?"

"……글쎄요."

웨이터가 미소 지으며 답을 말했다.

"바로 접니다."

"아!"

얘기를 다 듣고 난 병구는 자신도 모르게 무릎을 쳤다.

그리고 그 얘기가 너무도 재미있어서 혼자만 알기에는 아깝다는 생각에 이튿날 친구 영수에게 얘기했다.

"영수야, 우리 엄마가 아이를 하나 낳았는데 형도 아니고 동생도 아니야. 그렇다면 과연 누구게?"

"글쎄, 잘 모르겠는데."

영수의 반응에 병구가 회심의 미소를 지으며 말해주었다.
"바보, 그것도 몰라? 바로 웨이터야!"

부전자전

하루는 아들이 마당에서 대나무를 휘두르고 있었다.
아버지가 다가가 물어보았다.
"얘, 너 지금 뭐하고 있는 거냐?"
그러자 아들이 대답하기를,
"별을 따려고요."
그 말에 아버지가 아들 머리를 쥐어박으며,
"이 멍청한 녀석아, 별을 따려거든 옥상으로 올라가야지."

불행 중 다행

어떤 잡화상이 간밤에 도둑이 들어 몽땅 털렸다.

그런데 상점 주인은 조사를 나온 경찰에게 뜬금없이 이런 말을 하는 것이었다.

"그나저나 도둑놈이 그저께 밤에 털어가지 않아 다행입니다."

"아니, 그게 무슨 소리죠?"

경찰의 물음에 상점 주인은 이렇게 말하는 것이었다.

"아, 마침 세일을 시작하려고 어제 아침부터 물건 값을 모조리 30퍼센트씩 내려놨거든요."

멍청한 소방대원

어느 멍청한 사람이 운좋게 소방대원을 뽑는 필기시험에 합격, 면접시험에 응시하게 되었다.

면접관이 질문을 던졌다.

"소방서에 마침 소방차가 한 대밖에 없는 상황에서, 화재가 발생하여 출동한 사이에 또 다른 곳에서 화재신고가 들어왔네. 이런 상황에서 자네라면 어떻게 하겠는가?"

질문을 받은 남자가 한참을 생각한 끝에 마침내 입을 열었다.

"신고인에서 곧바로 통보하겠습니다."

"어떻게?"

"네, 소방차가 출동할 때까지 불을 끄지 말고 기다려달라고요."

물 먹는 젖소

오 서방이 자기 친구들과 함께 대관령 목장으로 야유회를 갔다.

널따란 초원 위에 수백 마리의 젖소가 한가로이 거닐며 풀을 뜯고 있었다. 그런데 그 많은 젖소들 중 한 마리가 입으로 벌컥벌컥 시냇물을 퍼마시고 있는 게 아닌가.

그 광경을 본 오 서방이 소리쳤다.

"저런 흉악스런 젖소가 다 있나.
우유에다가 물을 타고 있잖아!"

4장 동물&코끼리 시리즈

4

동물의 왕

자연 시간에 선생님이 아이들에게 물었다.

"동물 중에서 가장 힘이 센 왕이 뭐죠?"

"사자요!"

아이들의 대답에 선생님이 고개를 끄덕였다.

"맞았어요. 그런데 그 사자도 무서워하는 동물이 있는데 그게 뭘까
요?"

그러자 한 아이가 손을 들더니 이렇게 대답하는 것이었다.

"암사자요!"

대단한 흉내

동물 울음소리를 잘 내는 세 사람이 있었다.

어느 날 이 세 사람이 한자리에 모여서 자기 재주를 뽐내며 허풍을 늘어놓기 시작했다.

첫 번째 사람은 개 짖는 소리를 잘 내는 사람이었다.

"내가 큰소리로 짖어대면 우편배달부가 나무 위로 기어올라 간다구."

두 번째 사람이 말했다.

"내가 꽥꽥거리고 오리 울음소리를 내면 새끼 오리들이 나를 제 엄마 줄 알고 몰려와."

마지막으로 세 번째 사람이 말했다.

"쯧쯧, 그 정도 가지고 뭘……. 내가 수탉 울음소리를 내면 아침 해가 뜨기 시작한단 말일세."

산토끼

시험에 산토끼의 반대말을 적으라는 문제를 내자 지능지수가 천차
만별인 아이들은 제각각 다음과 같은 답을 냈다.
- IQ 60 : 집토끼
- IQ 80 : 죽은 토끼
- IQ 100 : 바다토끼
- IQ 150 : 판 토끼
- IQ 200 : 알칼리 토끼

오리알

평소 사이가 매우 좋은 암탉과 수탉이 있었다.

그런데 어느 날 아침 주인이 닭장에 가보니 수탉이 계속해서 암탉
을 쪼아대고 있었고, 암탉은 매우 괴로운 표정으로 그 수모를 당하고
있었다.

느낌이 하도 이상하여 주인이 닭장 안에 들어가보니, 아뿔싸!

암탉이 오리알을 낳은 것이었다.

거북이의 비밀

어느 날 토끼가 거북이에게 달리기 시합을 벌이자고 제안했다.

경기가 시작되었고, 토끼는 옛날의 실수를 범하지 않기 위해 쉬지 않고 정말 부지런히 달렸다.

그런데 이게 어떻게 된 일인가? 결승점에는 이미 거북이가 도착하여 기다리고 있는 게 아닌가.

"아니, 대체 이게 어떻게 된 일이지?"

토끼가 도무지 못 믿겠다는 표정을 지었고, 거북이가 말해주었다.

"사실, 난 닌자 거북이야."

돼지새끼 시리즈

1탄

푹푹 찌는 무더운 여름날, 돼지와 낙타가 사막을 걷고 있었다.

한참을 걷다보니 멀리 오아시스가 보였다. 낙타가 먼저 달려가 오아시스의 물을 몽땅 마셔버렸다.

늦게 도착한 돼지가 울면서 징징거리자 낙타가 하는 말은?

"그만 울어! 이 돼지새끼야!"

2탄

다시 길을 떠난 돼지와 낙타.

한참을 가다가 이번에도 키가 큰 낙타가 먼저 오아시스를 발견했다.

먼저 달려간 낙타가 그 물을 몽땅 마셔버리자, 돼지가 또다시 울면서 하소연했다.

그러자 낙타가 대뜸 한 말은?

"조용히 해. 이 돼지새끼야!"

1, 2탄이 끝났다.

그렇다면 돼지새끼 시리즈 제3탄은?

"나도 몰라, 이 돼지새끼야!"

달걀 시리즈

양계장 주인이 어느 날 보니 달걀에 피가 묻어 있었다.

이에 주인이 화를 내며 하는 말,

"어떤 X가 처녀막 터뜨렸어!"

계란 하나를 깨뜨려보니 이상하게도 노른자위가 두 개였다.

화가 난 양계장 주인이 소리쳤다.

"어떤 X가 어젯밤 두 탕 뛰었어!"

이번에는 노른자위가 없는 달걀이 있었다.

화가 난 주인이 소리쳤다.

"어떤 X가 피임약 먹고 뛰었어!"

이번에는 달걀에 똥이 묻어 있었다.

"어떤 X가 치질 걸렸어!"

게와 새우

수백 년 동안 원수지간으로 지내는 게와 새우가 길을 가다가 우연히 마주치게 되었다. 게가 소리쳤다.

"원수는 외나무다리에서 만난다더니! 너 오늘 잘 만났다."

새우도 지지 않았다.

"짜식, 누가 할 소릴! 그래 어디 한번 붙어보자."

"근데, 너 슬슬 뒤로 피하기는……. 넌 내가 그렇게 겁나냐?"

"짜샤, 그러면서 넌 왜 자꾸 옆으로 슬슬 기냐?"

개미들의 공격

코끼리 한 마리가 길을 가다 잘못하여 개미집을 밟아버렸다.

화가 난 개미들이 코끼리를 잡으려고 일제히 에워싸는데, 코끼리 등에 기어오른 개미가 말했다.

"이놈을 콱 밟아버릴까부다."

이때 코끼리 장단지께 달라붙은 개미는,

"난 장딴지를 걸 거야."

그러자 목 근처에 있던 개미는 이렇게 소리치는 것이었다.

"놔둬. 이 자식 콱 목 졸라 죽여버릴 테니까!"

개미의 말

어떤 코끼리가 개미에게 사랑을 고백했다.

그러나 개미는 주춤주춤 뒷걸음질치면서 한마디 내뱉는데,

"가까이하기엔 너무 큰 당신."

모기약

천장에 매달린 파리들이 잠을 자려고 하는데 모기떼가 몰려와 윙윙거리기 시작했다.

그러자 참다 못한 파리 한 마리가 소리치는데,

"에이, 씨! 우리도 사람들처럼 모기약 뿌리고 잡시다."

타잔의 꼬리

타잔과 치타가 밧줄을 타고 있었는데, 갑자기 타잔의 팬티가 벗겨지는 바람에 타잔의 그것을 치타가 보게 되었다.

타잔이 위협했다.

"너, 오늘 일 절대 비밀로 해야 돼."

"알았어."

타잔의 협박에 치타는 입을 봉하기로 했다.

하지만 그 일이 있은 뒤 치타는 점점 몸이 야위어갔고, 치타의 동료들도 그런 치타를 이상히 여기게 되었다.

"말 좀 해봐, 대체 무슨 고민이야?"

그러자 한참 만에야 치타가 입을 열었다.

"타잔은 꼬리가 앞에 달려 있어!"

털 없는 강아지

날이 매우 추운 날, 털북숭이 강아지와 털이 거의 없다시피하여 무척 가냘퍼 보이는 강아지가 나란히 길을 가고 있었다.

털북숭이 강아지가 털이 없는 강아지에게 말했다.

"난 털이 많아 따뜻한데 넌 참 안됐구나."

그러자 털 없는 강아지는 이렇게 대꾸하는 것이었다.

"빈정대지 마, 인마! 난 뒤집어 입었어."

벼룩의 거처

벼룩 한 쌍이 막 결혼을 하여 장래를 설계했다.

암놈이 물었다.

"우리, 신방을 어디에 꾸미죠?"

수놈이 대답했다.

"우선 똥개한테 짓고 시작하지 뭐."

"그래요. 돈 좀 벌면 셰퍼드한테로 이사가고요."

"맞아, 셰퍼드 값 오르면 진돗개한테로 가고."

모기

해가 넘어갈 무렵 시아버지 모기가 출근 준비를 하고 있을 때였다. 며느리 모기가 상냥한 목소리로 물어보았다.

"아버님, 저녁 진짓상 봐 놓을까요?"

그 말에 시아버지 모기는 결연한 표정을 지으며 말했다.

"필요 없다."

"?"

"순한 놈 만나면 배불리 먹고 올 것이고, 모진 놈 만나면 영영 돌아오지 못할 것이니 그리 알거라."

코끼리와 생쥐

우연히 만나 사이가 좋아진 코끼리와 생쥐가 하룻밤을 함께 자게 되었다.

다음 날 날이 밝아 코끼리가 떠나려고 하자 생쥐가 눈물을 찔끔찔끔 짜면서 하는 말,

"난 당신의 아이를 가졌어요."

곰 이야기

어느 날 숲속에 사냥꾼들이 들이닥쳐서 곰이란 곰은 죄다 잡아가 버렸다. 딱 한 마리만 남겨두고서.

혼자만 남은 곰은 왜 자기만 가만 놔뒀는지 여간 궁금한 게 아니었다. 그래서 숲에서 영리하다고 소문난 여우한테 달려가 물어보았다.

"여우야, 난 왜 안 잡아갔지?"

그러자 여우가 혀를 차면서 하는 말,

"에구, 이 쓸개 빠진 자식아!"

돼지의 철학

다음은 미련한 돼지의 일주일 철학을 요약한 것이다.

– 월요일 : 원래 먹는다.

– 화요일 : 화끈하게 먹는다.

– 수요일 : 수없이 먹는다.

– 목요일 : 목이 터져라 먹는다.

– 금요일 : 금방 먹고 또 먹는다.

– 토요일 : 토하도록 먹는다.

– 일요일 : 일어날 수 없을 정도로 먹는다.

프리덤

개미 드라큘라와 베짱이 드라큘라가 있었다.

봄, 여름, 가을 동안 개미 드라큘라는 열심히 피를 모으러 다녔다. 하지만 베짱이 드라큘라는 놀기만 할 뿐 일은 도무지 하지 않았다.

드디어 겨울이 왔고, 그동안 열심히 피를 모으러 다닌 개미 드라큘라는 매우 편안한 생활을 하고 있었다.

그러나 놀러다니느라 허송세월한 베짱이 드라큘라는 먹을 것이 없어서 사방팔방으로 피를 찾아다녀야만 했다.

하지만 하얗게 눈으로 뒤덮인 세상에 피가 어디에 있겠는가.

베짱이 드라큘라는 결국 개미 드라큘라를 찾아가기에 이르렀다.

"무슨 일로 왔니?"

"으, 개미야. 배고파 죽겠다. 피 좀 줘."

"안 돼! 넌 놀았잖아."

"개미야, 제발……!"

베짱이 드라큘라는 정말 애타는 목소리로 사정했다.

그러자 개미 드라큘라는 마지못한 표정을 지으며 빨갛게 된 프리덤 하나를 던져주며 소리쳤다.

"야! 차나 끓여 먹어."

드라큘라 시리즈

■ 드라큘라 집안의 가훈은?
– 피는 물보다 맛있다.

■ 드라큘라가 피를 빨자 밥알이 섞여 나왔다.
이때 드라큘라가 뭐라고 했을까?
– 오우, 봉봉!

■ 드라큘라가 가장 좋아하는 사람은?
– 고스톱 판에서 피박 쓴 뚱보.

그걸로 어떻게

한 남자가 실오라기 하나 걸치지 않은 알몸으로 비스킷을 손에 들고 해변을 걷다가 코끼리와 마주쳤다. 그런데 무심코 남자의 물건을 본 코끼리가 갑자기 몸을 흔들며 웃어대는 것이 아닌가.
남자가 인상을 쓰며 물었다.
"야, 너 왜 웃어?"

그러자 코끼리는 여전히 웃음을 멈추지 못한 채 이렇게 말하는 것이었다.

"아이고, 딱하기도 하지! 세상에 그걸로 어떻게 비스킷을 입에 넣어?"

개미 부부의 한숨

개미 부부와 코끼리 부부가 한마을에 이웃하여 살았다.

그런데 어느 날 멀리 여행을 떠난 코끼리 부부가 불의의 교통사고를 당해 시신이 되어 돌아왔다.

이웃이라곤 개미 부부밖에 없어 둘이 장례를 치르게 되었는데, 개미 부부가 꺼이꺼이 땅을 치면서 하는 말,

"에고! 언제 다 묻나, 언제 다 묻나!"

개미와 코끼리

모처럼 수영장을 찾은 코끼리가 신나게 수영을 즐기고 있을 때, 갑자기 누군가가 부르는 소리가 들려왔다.

"야, 코끼리! 너 이리 나와봐."

누군가 하고 주위를 살펴보니 아무도 없었다. 그런데 자세히 보니 깨알만 한 개미가 물가에 서서 자기를 부르고 있는 것이 아닌가.

"저 녀석이!"

코끼리는 개미를 무시해버리고 계속해서 수영을 즐겼다.

하지만 개미는 그치지 않았다.

"야, 코끼리! 너 이리 안 나와!"

코끼리는 개미가 하도 극성을 피우는 바람에 할 수 없이 개미한테 다가갔다.

"너 도대체 왜 그러는 거야?"

그러자 여지껏 불러대던 개미는 코끼리의 위아래를 쓰윽 한번 훑어보더니 이렇게 말했다.

"응, 됐어. 이젠 가도 좋아."

"대체 뭔데 그래?"

"응, 난 내 수영복이 없어졌길래 네가 입은 줄 알고."

코끼리를 냉장고에 넣는 방법

■ 대학교수

- 코끼리를 입학시켜 준다고 기부금을 받아낸 다음 그 돈으로 강아지를 사서 집어넣는다.

■ 국회의원

- 코끼리를 냉장시키는 특별법안을 날치기로 통과시켜서 통조림으로 만든 다음 냉장고에 넣는다.

■ 집권당

- 나라의 안정과 지속적인 발전을 위해서는 코끼리를 냉장고에 넣지 말아야 한다고 계속 뻗댄다.

■ 야당

- 국회의원과 기사, 보좌관들로 하여금 코끼리를 둘러싸게 하여 밀치고 두들겨 패고 눌러서 오징어처럼 납작하게 해서 넣는다.

대학생들이 코끼리를 냉장고에 넣는 방법

- 국문학과
- 코끼리를 넣는 대신 '코끼리와 냉장고'라는 짧은 시 한 편을 써서 집어넣는다.

- 정치학과
- 코끼리를 설득시켜 강아지와 통합하게 한 다음 강아지를 대신 집어넣는다.

- 종교학과
- 강아지를 교화시켜 코끼리라고 믿게 만들어 집어넣는다.

- 전산학과
- 백상 소프트웨어를 구입해다 집어넣는다.

- 식품영양학과
- 코끼리에게 비만이 얼마나 무서운 것인가를 집중 교육시켜 다이어트를 하게 한 다음 집어넣는다.

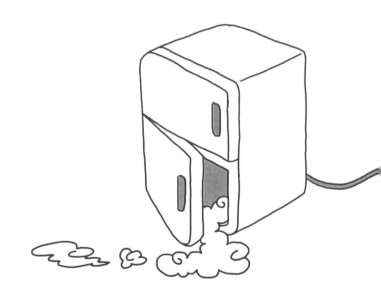

97

■ 수학과

코끼리에게 미분법을 적용시켜 작게 만들어 집어넣는다.

■ 광고홍보학과

- 강아지를 집어넣고 반라의 모델을 동원하여 코끼리라고 선전하
여 믿게 만든다.

■ 지리학과

- 대축척을 이용하여 코끼리를 작게 만든다.

■ 생물학과

- 유전공학을 이용하여 코끼리를 쥐만 한 크기로 만든 다음 집어
넣는다.

■ 철학과

- 코끼리에게, '넌 쥐다.'라는 설을 반복하여 코끼리를 쥐라고 철학
적으로 인식시킨다.

■ 화학과

- 코끼리를 원자로 분해해서 집어넣는다.

- 무역학과
– 코끼리만 한 냉장고를 수입해다가 집어넣는다.

- 미술과
– 코끼리 그림을 그려서 집어넣는다.

부서별로 코끼리를 냉장고에 넣는 방법

- 구매팀
– 코끼리를 넣을 수 있는 냉장고를 찾아서 구입한다.

- 인사팀
– 코끼리에게 강아지라는 인사발령을 내린 후, 그 사령장과 함께 냉장고에 집어넣는다.

- 기획팀
– 코끼리에게 현 불황을 타개할 수 있는 획기적이고도 총체적인 마스터플랜을 마련하라고 한 다음 살이 빠지면 집어넣는다.

■ 홍보팀

– 코끼리와 냉장고를 따로따로 촬영한 다음 냉장고에 코끼리가 들어간 모습으로 사진을 합성한다.

5

5장 최불암 시리즈

최불암

한 아이가 팝콘 파는 아저씨에게 돈 오백 원을 내밀며 말했다.

"아저씨, 팝콘 좀 주세요."

그러자 아저씨는 빙그레 웃으면서 팝콘 한 아름을 그 아이한테 주는 것이었다.

옆에서 그것을 본 최불암.

자기도 돈 오백 원을 주고 팝콘을 달라고 했다.

그런데 이번에는 주인이 아주 조금밖에 주지 않았다. 최불암이 기분이 나빠서 잔뜩 인상을 구기고 있는데, 팝콘 아저씨가 물었다.

"왜 불만이냐?"

그러자 최불암이 하는 말,

"아뇨, 전 불암인데요."

버스

최불암이 여의도로 가는 버스가 몇 번인지를 몰라서 한 청년을 붙잡고 물었다.

"젊은이, 여의도로 가려면 몇 번 버스를 타야 하지?"

"아, 여의도요? 123번 타세요."

그 말에 최불암이 빽 소리쳤다.

"아니, 뭐? 버스를 123번씩이나 타라구? 차라리 택시를 타고 가지!"

라이터는 언제?

최불암과 차인표, 그리고 맹구가 같은 날 죽어서 천당에 갔다.

옥황상제가 나란히 선 세 사람에게 말했다.

"너희가 원하는 것을 줄 테니 꼭 한 가지씩만 말해보거라."

맨 먼저 차인표가 말했다.

"저는 여자만 있으면 됩니다."

그러자 맹구도,

"전 먹을 것만 많으면 좋습니다."

마지막으로 최불암이 입을 열었다.

"저는 담배만 있으면 돼요."

옥황상제는 그 즉시 세 사람의 소원을 들어주었다.

그리고 그로부터 천 년이 지난 어느 날, 첫 번째 문이 열리더니 차인 표가 많은 아이들을 데리고 나타났다. 또 두 번째 문에서는 맹구가 씨름선수처럼 큰 덩치가 되어 나타났다.

그런데 세 번째 문이 열리고 입에 담배를 꼬나문 최불암이 고개를 빼죽 내밀면서 하는 말,

"근데, 라이터는 언제 줘요?"

지나친 양보

최불암이 시내버스 운전기사를 하고 있었다.

그날도 차를 몰고 나갔는데 어느 정류장에서 머리가 하얀 할머니가 탔다.

마침 버스 안에는 빈 자리가 없었는데, 젊은 사람들이 아무도 자리를 양보하지 않았다.

할머니는 한참이 지나도록 위태롭게 서 있었다. 그러자 그 할머니를 딱하게 여긴 최불암이 자리에서 일어서며 말했다.

"할머니, 여기 앉으세요."

그러자 할머니가 하는 말,

"어이쿠, 고맙기도 혀라. 근데 어쩌나? 난 운전을 할 줄 모르는디?"

개똥

최불암이 잔뜩 술에 취한 채 귀가하고 있었다.

비틀비틀 걷고 있는데 문득 길가에 웬 된장 같은 것이 눈에 띄었다. 최불암은 그것이 무엇인지 무척 궁금했다. 그래서 다가가 손가락으로 찍어 맛을 보았다.

맛을 보니 개똥이 틀림없었다. 최불암이 혼잣말로 중얼거렸다.

"휴, 개똥이잖아. 하마터면 밟을 뻔했잖아!"

영어 실력

최불암이 난생 처음 비행기를 타고 해외여행을 가게 되었다.

비행기 안에서 한 여자 승무원이 최불암에게 물었다.

"coffee or tea?"

최불암은 영어를 전혀 몰랐다. 그래서 무척 당황해하고 있는데 승무원이 다시 한 번 물었다.

"coffee or tea?"

그러자 최불암은 불현듯 이렇게 말해버렸다.

"or."

추격전

길을 가던 최불암이 갑자기 날치기를 당했고, 이를 눈치챈 최불암은 맹렬한 기세로 그 범인을 뒤쫓기 시작했다.

최불암은 무척 빨랐지만 범인 역시 뒤지지 않았다. 달아나던 범인은 자전거와 오토바이를 번갈아 훔쳐 타면서 도망쳤고, 이에 최불암도 자동차와 비행기까지 동원하여 미친 듯이 그를 뒤쫓았다.

결국 나중에는 그 범인을 붙잡을 수 있었는데,

최불암이 숨을 헉헉 몰아쉬면서 한다는 말이 이랬다.

"어때, 잡혔지? 좋아, 이젠 니가 날 쫓아와 봐!"

글자를 못 읽어

최불암이 애지중지하던 애완견이 집을 나갔다. 최불암이 돌아오지 않는 강아지를 기다리며 넋이 나가 있는데, 이웃집 사람이 말을 걸어왔다.

"대체 무슨 일이기에 그러쇼?"

불암이 대답했다.

"내 푸들 강아지가 길을 잃었나봐요. 대체 어쩌면 좋을지 모르겠어요."

이웃 사람이 말했다.

"신문에다 광고를 내보면 어떻겠소? 푸들을 찾는다고."

그러자 최불암은 고개를 흔드는 것이었다.

"소용없어요."

"아니, 왜?"

"푸들은 글자를 못 읽잖아요."

외화

최불암이 아들 금동이와 함께 TV를 시청하고 있었다.

마침 TV에서는 주말을 맞아 외국영화 '사랑과 영혼'을 방영하고 있었는데, 금동이가 보니 최불암의 시청 자세가 그렇게 진지할 수가 없었다.

금동이가 넋이 쏙 빠진 최불암에게 물어보았다.

"아버지, 그렇게 재미있으세요?"

그러자 최불암이 하는 말,

"재미고 뭐고…… 저 외국인들 말이다. 어떻게 저렇게 우리말을 잘 하냐?"

비겨

한 여자가 공원을 거닐다가 연못에 빠졌다. 여자는 허우적거리면서 살려달라고 외쳤지만 누구 하나 구할 생각을 못했다. 이때 번개처럼 연못 속으로 뛰어드는 사람이 있었으니, 바로 최불암이었다.

최불암이 열심히 헤엄쳐 여자의 근처까지 다가갔다.

"살려주세요!"

여자는 최불암에게 팔을 뻗으면서 애원했다. 하지만 최불암은 그녀를 외면하면서 이렇게 소리쳤다.

"비켜, 건너가게!"

못된 선생님

어느 날 학교에서 돌아온 금동이가 최불암에게 말했다.

"아버지, 우리 학교 역사 선생님은 아주 못됐어요."

"허, 그게 무슨 소리냐?"

"오늘 역사시험을 보았는데 글쎄 아는 문제가 하나도 없지 뭐예요."

"그래서?"

"그래서라뇨, 대체 시험문제로 내가 태어나기도 전에 있었던 일들을 알아맞히라고 내는 법이 어디 있느냐고요."

"음, 그러고 보니 그렇네. 정말 못됐구나!"

사실은

최불암이 어느 날 자고 일어나보니 양다리 사이에 갓난아이가 놓여 있었다.

최불암은 그 아이에게 젖을 얻어먹이며 열심히 키웠다.

바야흐로 20여 년의 세월이 흘러갔고, 다 자란 그 아이가 어느 날 최불암에게 물었다.

"아버지, 제 어머니는 어디 계시죠?"

"어머니라니?"

"저를 낳아주신 분 말이에요. 아버지는 아실 거 아녜요? 그러니 어서 말씀해주세요."

아이의 다그침에 못 이겨 마침내 최불암이 입을 열었다.

"아들아, 이제 와서 뭘 숨기겠니. 사실은…… 내가 네 어미다."

홍삼원

최불암이 외국 여행을 마치고 귀국했다.

그런데 깜빡 잊고 식구들에게 줄 선물을 하나도 마련하지 못했다. 마침 돈도 다 떨어졌고 해서 집 앞 가게에 들러 홍삼원 한 박스를 사들고 들어갔다.

최불암이 아내 김혜자에게 홍삼원 한 병을 건네며 말했다.

"이게 내가 선전하던 그 홍삼원이야. 몸에 좋은 거니까 한번 마셔
봐."

홍삼원을 들이켠 김혜자가 미소 지으며 말했다.

"그래, 이 맛이야!"

피서용품

최불암이 동네 친구들과 아프리카 여행을 하기로 했다.

약속시간이 되어 인천공항에 도착해보니 한 친구는 커다란 물통을,
다른 한 친구는 부채를 가지고 나왔다. 물은 더울 때 마시려고 준비한
것이었고, 부채도 더울 때 부치려고 가져온 것이었다. 그런데 최불암은
괴상하게도 커다란 문짝을 들고 나온 게 아닌가.

친구들이 의아해하며 그 까닭을 물었다.

"자넨 참 이상하군. 무겁기만 하게. 그런 문짝을 뭣하러 갖고 나왔
나?"

그러자 최불암은 답답하다는 표정을 지으며 이렇게 말하는 것이었다.

"참나, 더울 때 문을 열어놓고 자려고 그러지!"

7

어느 날 아침 최불암이 눈을 떠 달력을 보니 그날은 마침 7월 7일이었다. 문득 시계를 들여다보니 마침 시곗바늘 또한 7시 7분을 가리키고 있었다. 뭔지 몰라도 매우 좋은 일이 벌어질 것만 같았다.

그런데 출근을 하려고 집을 나서서 버스를 기다리는데 이번에는 777번 버스가 연속해서 7대나 오는 게 아닌가.

그것을 본 최불암이 생각했다.

"옳지! 이건 나한테 엄청난 행운이 다가올 징조야!"

그렇게 생각한 최불암은 직장 출근을 포기하고 그 길로 경마장으로 달려가 7번 말에 자신의 전 재산을 걸었다.

그러자 최불암이 건 7번 말이 7등으로 들어왔다.

결정적으로

최불암이 중3 때 일이다.

최불암의 목소리는 원래 쇳소리에 갈라지는 음성으로 듣기가 무척 거북했다. 하지만 합창반에 들어가 열심히 연습한 덕택에 무척 나아졌다.

공연을 며칠 앞두고, 반 친구들은 수능 공부를 한다는 핑계로 하루가 멀다 하고 연습에 빠졌지만 최불암은 단 하루도 빠지는 법이 없었다.

공연 바로 전날, 음악 선생님이 학생들을 불러놓고 말했다.

"너희들, 불암이 좀 본받아라. 단 하루도 빠지는 법이 없었잖니? 그건 그렇고, 내일이 공연인데 혹시 못 나오는 사람은 없겠지?"

아무도 손을 드는 학생이 없었다. 그런데 바로 그때 슬그머니 최불암이 일어나면서 말했다.

"선생님. 지는 내일 밭매야 하는디유!"

죽어야 하는 이유

어느 날 암흑가의 보스 최불암이 행동대장 유인촌에게 무언가 특명을 내렸다.

그런데 유인촌이 실수를 하는 바람에 일을 그르쳤고, 조직은 엄청난 치명타를 입었다.

최불암이 유인촌을 다그쳤다.

"바보 같은 녀석, 그것 하나 해결 못하다니!"

"면목 없습니다."

유인촌이 고개를 떨구었지만 보스 최불암은 가차 없었다. 즉시 권총을 꺼내 겨누면서 말했다.

"살고 싶다면 내가 내는 문제를 맞혀야 한다. 만약 틀리면 그 대가를 톡톡히 받을 줄 알라."

유인촌은 식은땀을 흘렸고 최불암이 문제를 냈다.

"3 더하기 3이 뭐지?"

그 말에 유인촌은 양손을 폈다 접었다 하면서 한참을 고심하다가 간신히 입을 열었다.

"네, 3입니다."

그러자 최불암의 총이 가차 없이 불을 뿜었다.

총알을 맞은 유인촌이 쓰러지면서 최불암에게 물었다.

"보스, 제가 틀렸습니까?"

"아니."

"?"

"넌 너무 많은 것을 알고 있어. 그래서 제거돼야 하는 거야."

병역 면제

군에 입대할 나이가 되어 최불암에게도 신체검사 통지서가 나왔다.

최불암은 군대 가기가 죽기보다 싫었다. 그래서 검사장에 도착하여 맨 먼저 안과 군의관이 글자를 읽어보라고 하자,

"지금 무슨 검사 하는 거죠?"

하고 딴전을 피웠다.

의사가 의심스런 눈초리로 쏘아보며 불암에게 빗자루를 들어 보였다.

"이게 뭐지?"

최불암은 천연덕스럽게,

"연필 아닙니까?"

하여 결국 불합격 판정을 받는 데 성공했다.

병역을 면제받은 최불암은 날아갈 듯 기뻤다. 그래서 그날 저녁 애인 혜자를 시내로 불러내 함께 영화를 보러 갔다.

그런데 영화 상영이 다 끝나고 불이 켜졌을 때였다.

막 밖으로 나가려고 하는데 낯익은 얼굴이 눈에 띄었다.

보니 낮에 신체검사장에서 만났던 그 군의관이 아닌가.

깜짝 놀란 최불암이 그 군의관에게 물었다.

"이 버스 광화문에 서나요?"

나이에 따라

식당을 개업한 최불암은 단골 확보를 위해 손님에 대한 친절을 최대 목표로 삼았다.

개업한 지 얼마 안 되는 어느 날, 하루는 중절모를 푹 눌러쓴 어떤 손님이 가게로 들어왔는데 인상이 우락부락하고 키가 무척 컸다.

"주문하시겠습니까?"

최불암의 물음에 그 손님은 이렇게 말했다.

"나 국수 한 그릇만 말아주쇼."

최불암이 머리를 조아리며 대답했다.

"예! 곧 갖다드립죠."

얼마 후 최불암이 국수를 가지고 왔다.

그런데 국수 그릇을 내려놓으면서 최불암이 그 키 큰 손님에게 물어보았다.

"손님, 실례지만 올해 나이가 어떻게 되십니까?"

그 손님이 대답했다.

"23살인데, 왜 그러세요?"

그러자 국수 그릇을 탕 내려놓으며 최불암이 하는 말,

"처먹어!"

빼어난 연기

최불암은 연기 지망생이었다.

어느 날 새 영화의 주연배우를 모집한다는 포스터를 보고 면접을 보러 갔다. 그런데 막상 영화사를 찾아가보니 지원자가 구름처럼 몰려 있는 게 아닌가.

다행히도 불암은 접수 번호가 앞번호였다.

곧 면접관 앞에 서게 되었는데, 면접관이 이렇게 물었다.

"최불암 씨, 즉석 연기를 보여줄 수 있겠습니까?"

"네, 물론입니다."

"그럼 어디 한번 해보세요. 본인이 가장 자신 있는 걸로."

면접관의 주문에 불암은 잠시 생각하는 듯했다.

하지만 그는 곧 행동으로 옮겼다. 느닷없이 문밖으로 뛰어나가더니 순서를 기다리며 대기 중인 지원자들에게 이렇게 소리치는 것이었다.

"오늘 면접은 끝났어요. 돌아가세요!"

나도

거리를 걷던 최불암은 배가 몹시 고팠다. 하지만 가진 돈이 한 푼도 없어서 아무 데도 들어갈 수가 없었다.

주린 배를 움켜쥔 채 음식점 앞을 기웃거리는데, 어떤 사내가 그 음식점에 들어가는 것이 보였다. 보니 그 사내는 밥 한 상을 거나하게 시켜 먹는 것 같았다.

그런데 다 먹고 난 그 사내는 계산대 앞으로 다가가서는,

"나, 마피아 두목이야."

하고 그냥 나오는 것이었다.

그런데 잠시 후 또 한 사내가 음식을 푸짐하게 시켜 먹고 나서는,

"나, 야쿠자 두목이야."

하니까 종업원이 이번에도 돈을 받지 않고 정중히 배웅하는 것이었다.

그 광경을 본 최불암은 즉시 그 음식점 안으로 들어갔다.

그러고는 배가 터질 만큼 많은 음식을 시켜 먹고는 종업원에게 다가가 이렇게 말했다.

"나, 양촌리 회장이야."

하느님은 지금

최불암이 유치원에 다닐 때의 일이다.

최불암이 짝꿍인 김혜자와 나란히 간식을 받기 위해 배식구로 다가
갔다. 그런데 사과 배식구에는 마침 아무도 없었다. 보는 사람이 없는
것을 확인한 불암은 자기 몫 하나 외에 슬쩍 또 한 개의 사과를 집어
들었다.

바로 그때 혜자가 나서면서 말렸다.

"하나만 집어! 하느님이 보고 계신단 말야!"

그 말에 불암은 겸연쩍은 표정을 지으며 들고 있던 사과 하나를 내
려놓았다.

불암이와 혜자가 이번에는 계란 배식구로 갔다. 그런데 최불암은 이
번에도 계란 두 개를 집어드는 게 아닌가.

보다 못한 혜자가 다시 말렸다.

"너, 이번에도 또⋯⋯!"

그러자 최불암이 손가락을 세워 입을 가리면서 하는 말,

"쉿, 조용히 해! 하느님은 지금 사과 집는 애들을 지켜보고 계신단
말이야."

너무도 많은 벨

양촌리 최불암이 모처럼 서울 나들이를 하게 되었다.

버스를 타고 한참을 달리다보니 어느덧 목적지에 닿았다. 최불암이
내리려고 하는데 운전기사가 문을 열어주지 않는 것이었다.

"아저씨, 왜 문을 안 열어줘요?"

기사가 대꾸했다.

"내리려면 벨을 눌러야지!"

그러자 최불암이 하는 말,

"뭐라구? 날더러 이 많은 벨을 다 누르라고요?"

6

6장 난센스 퀴즈 시리즈

동물원에서 가장 비싼 동물은?
– 백조

고개를 숙이고 눈물 흘리는 것은?
– 수도꼭지

바나나가 웃으면?
– 바나나킥

오리가 얼면?
– 언덕

'곰돌이 푸가 길을 가다 넘어졌다'를 두 글자로 하면?

– 쿵푸

닭이 벽에 부딪힌 것을 두 글자로 하면?

– 닥꽝(다쿠앙)

왕이 헤어질 때 하는 인사는?

– 바이킹(Bye~ King)

보라돌이, 나나, 뽀가 밥을 먹고 있다. 이때 뚜비가 와서 한 말은?

– 뚜비두밥

허수아비의 아들은?

– 허수

아리랑과 스리랑의 엄마는?

– 아라리(아리 아리랑 스리 스리랑 아라리가 났네~)

아리랑과 스리랑의 형제는?

– 흥흥흥(아리랑, 흥흥흥~ 아리리~가 났네~)

세상에서 가장 행복한 바다는?
- 사랑해

소고기가 없는 나라는?
- 소고기무국

미소의 반대말은?
- 당기소

돌고래는 영어로 돌핀이다. 그러면 고래는 영어로 무엇인가?
- 핀

날아온 창에 찔리려고 할 때 옆 사람이 하는 말은?
- 창피해!

국수와 국시의 차이점은?
- 국수는 밀가루로 만들고 국시는 밀가리로 만든다

아무리 건조시켜도 마르지 않는 것은?
- 짱구(짱구는 못 말리니까)

형을 너무너무 좋아하는 동생을 무엇이라 하는가?

– 형광펜

계절에 관계 없이 사시사철 피는 꽃은?

– 웃음꽃

남이 울 때 웃는 사람은?

– 장의사

도둑이 가장 좋아하는 아이스크림은?

– 보석바

도둑이 가장 싫어하는 아이스크림은?

– 누가바

헌병이 가장 무서워하는 사람은?

– 고물장수

고기 먹을 때마다 쫓아다니는 개는?

– 이쑤시개

먹으면 죽는데 안 먹을 수 없는 것은?

– 나이

사람의 몸무게가 가장 많이 나갈 때는?

– 철들 때

고인돌이란?

– 고릴라가 인간을 돌멩이 취급하던 시대

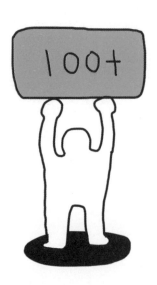

눈치코치란?

– 눈 때리고 코 때리다

오리지날이란?

– 오리도 지랄하면 날수 있다

요조숙녀란?

– 요강에 조용히 앉아 있는 숙녀

땅투기꾼과 인신매매꾼을 일곱 글자로 줄이면?

– 땅팔자 사람팔자

도둑이 도둑질하러 가는 걸음걸이를 네 글자로 줄이면?

– 털레털레

식인종이 밥투정할 때 하는 말은?

– 에이, 살맛 안나~

임꺽정이 타고 다니는 차는?

– 으라차차차!

양초가 가득한 상자를 세 글자로 줄이면?

– 초만원

'씨름 선수들이 죽 늘어서 있다'를 세 글자로 줄이면?

– 장사진

서로 진짜라고 우기는 신은?

– 옥신각신

황당무계이란?

– 노란 당근이 무게가 더 나간다

천고마비란?

– 하늘에 고약한 짓을 하면 온몸이 마비된다

초등학생이 가장 좋아하는 동네는?

– 방학동

스타들이 서로 다투는 모습을 뭐라고 할까?

– 스타워즈

라면은 라면인데 달콤한 라면은?

– 그대와 함께라면

진짜 문제투성이인 것은?

– 시험지

경찰서가 가장 많이 불타는 나라는?

– 불란서(프랑스)

노총각들이 가장 좋아하는 감은?

– 색시감

먹고살기 위해 하는 내기는?

– 모내기

아무리 예뻐도 미녀라고 못하는 이 사람은?

– 미남

가장 알찬 사업은?

– 계란장사

눈이 녹으면 뭐가 될까?

– 눈물

귀는 귀인데 못 듣는 귀는?

– 뼈다귀

말은 말인데 타지 못하는 말은?

– 거짓말

사람이 먹을 수 있는 제비는?

– 수제비

세상에서 제일 큰 코는?

– 멕시코

세상에서 가장 빠른 닭은?

– 후다닥

세상에서 가장 야한 닭은?

– 홀닥

가슴의 무게는?

– 4근(두근+두근)

간장은 간장인데 먹을 수 없는 간장은?

– 애간장

감은 감인데 먹지 못하는 감은?

– 영감, 옷감, 대감, 상감…

병아리가 제일 잘 먹는 약은?

– 삐약

공 중에 사람들이 가장 좋아하는 공은?
– 성공

누구나 즐겁게 웃으며 읽는 글은?
– 싱글벙글

눈은 눈인데 보지 못하는 눈은?
– 티눈, 쌀눈

다 자랐는데도 계속 자라라고 하는 것은?
– 자라

닭은 닭인데 먹지 못하는 닭은?
– 까닭

떡 중에 가장 빨리 먹는 떡은?
– 헐레벌떡

똥은 똥인데 다른 곳으로 튀는 똥은?
– 불똥

똥의 성은?

– 응가

먹고살기 위해 누구나 한 가지씩 배워야 하는 술은?

– 기술

목수도 고칠 수 없는 집은?

– 고집, 아집

묵은 묵인데 먹지 못하는 묵은?

– 침묵

문은 문인데 닫지 못하는 문은?

– 소문

물고기 중에서 가장 학벌이 좋은 물고기는?

– 고등어

물은 물인데 사람들이 가장 좋아하는 물은?

– 선물

개 중에 가장 예쁜 개는?

– 무지개

발이 두 개 달린 소는?

– 이발소

벌레 중 가장 빠른 벌레는?

– 바퀴벌레

배울 것 다 배워도 여전히 배우라는 말을 듣는 사람은?

– 배우

약은 약인데 아껴 먹어야 하는 약은?

– 절약

낭떠러지에 매달린 사람이 싸는 똥은?

– 떨어질똥 말똥, 죽을똥 쌀똥

잠꾸러기가 가장 좋아하는 옷은?

– 자라(Zara)

피자가 웃으면?

– 피자헛

세상에서 가장 잔인한 비빔밥은?

– 산채비빔밥

사람이 즐겨 먹는 피는?

– 커피

영광굴비가 상하면?

– 좌절굴비

세상에서 가장 더러운 얼음은?

– 오무라이스(오물 아이스)

개근하는 학생이 가장 많은 대학은?

– 가야대

항상 잘못된 생각을 하는 물건은?

– 카메라(착각~ 하니까)

미국의 W. 부시 전 대통령이 일본에 있는 내연녀와 사이에서 낳은
자식 이름은?
- 가쓰오 부시

신라면을 세 젓가락만큼 파는 곳은?
- 신라면세점

한류의 최대 피해자는?
- 열대어

몸에 털이 길게 난 남자를 뭐라 부를까?
- 모(毛)자란 놈

식인종이 남자를 좋아하는 이유는?
- 사내진미(산해진미)

요리 중에서 만들기 가장 고생스런 요리는?
- 아구찜(아구아구~)

개와 오랑우탄이 만나서 낳은 새끼는?

-오랑캐

아이를 셋 낳을 계획을 세우면?

– 미래에셋(미래 애 셋)

반달곰을 15일 만에 다시 만나면 무엇이 되어 있을까?

– 보름달곰

세상에서 제일 짠 약은?

– 간장약

세상에서 제일 짠 음식은?

– 짜요짜요

파마한 사람이 한 명도 없으면?

– 무파마

어린이가 먹는 우유는?

– 아이유

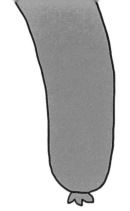

소녀시대인지 물어보려면 어떻게 질문해야 할까?
– 소시지?

청바지를 입고 싶어하는 꽃은?
– 진(jean)달래

우리 엄마를 영어로 하면?
– 마이애미

산타할아버지보다 건강한 할아버지는?
– 산타는 할아버지

애플사에서 만드는 술 이름은?
– 맥(mac)주

골을 가장 잘 막는 골키퍼 이름은?
– 마그마

신라면 다음에 출시할 라면은?
– 통일신라면

만나도 서로 인사하지 않는 걸 뭐라고 할까?
- 하이실종(hi~ 실종)

크리스마스 때 절대 팔지 않는 음식은?
- 울면(울면 안 돼, 울면 안 돼~)

제시카 알바가 열심히 일하면?
- 제시카 정규직

사공이 아주 많으면 배가 어떻게 되나?
- 가라앉는다

천재 남편과 바보 아내가 결혼하면 어떤 아이를 낳을까?
- 갓난아기

사람의 몸에서도 만들어질 수 있는 기름은?
- 개기름

박쥐가 제일 무서워하는 동물은?
- 박고양이

개미의 목구멍보다 작은 것은?

– 개미 먹이

사업상 목욕을 할 수 없는 사람은?

– 거지

코끼리와 고래를 결혼시켜서 태어난 말은?

– 거짓말

이혼을 하지 않으려면 어떻게 해야 할까?

– 결혼하지 않는다

'당신은 지상 최고의 미남, 미녀이다' 이 말을 네 글자로 줄이면?

– 그걸 믿니?

자기들만 옳다는 사람들만 사는 집은?

– 고집

넘어진 펭귄이 일어나서 걷다가 또 넘어졌다. 뭐라고 말했을까?

– 괜히 일어났네

도둑이 없는 도둑마을은 어디인가?
- 교도소

아주 오래전에 만든 다리를 무엇이라 부를까?
- 구닥다리

김치만두가 김치에게 한 말은?
- 내 안에 너 있다

동물원의 배고픈 사자가 철창 밖에 있는 사람들을 보고 한 말
- 그림의 떡

스탈린이 지금까지 살아 있다면?
- 그의 무덤이 없다

남자에게는 있고 여자에게는 없는 것, 아줌마에겐 있고 아저씨에겐
없는 것, 총각에겐 있고 처녀에겐 없는 것은?
- 글자의 받침

체육시간에 피구를 하던 여학생 두 명이 죽었다. 어떻게 된 걸까?

– 금 밟아서

화장실에 가면 소변과 대변 중 어느 것이 먼저 나올까?

– 급한 것

암탉은 어느 집에서 시집왔을까?

– 꼬꼬댁

돼지가 꼬리를 흔드는 이유는?

– 꼬리가 돼지를 못 흔드니까

차마 눈뜨고 볼 수 없는 여자는?

– 꿈속의 여자

학생이 수업시간에 자는 이유는?

– 꿈을 갖기 위해서

꿩 먹고 알도 먹는 사람은?

– 꿩 주인

바나나 우유가 웃으면?
- 빙그레

'이 세상에서 제일 잘 생긴 사람'을 한 글자로 표현하면?
- 나

사냥꾼에게 생포된 곰이 하는 말
- 난 쓸개 빠진 곰이오

쥐가 뭐라고 한마디 하자 고양이가 도망쳤다. 쥐가 한 말은?
- 나 쥐약 먹었다

공처가와 애처가의 공통점은?
- 남자

성냥만 있고 담배는 없는 사람은?
- 불만 있는 사람

담배만 있고 불이 없는 사람은?
- 불 필요한 사람

음식에 앉은 파리를 쫓자 파리가 한 말은?

– 아씨, 내가 먹으면 얼마나 먹는다고!

아빠가 일어나면 엄마는 책 보는 곳은?

– 노래방

지구상에서 공룡이 멸종한 이유는?

– 다 죽어서

젖소에게는 네 개가 있고 여자에게는 두 개가 있는 것은?

– 다리

안경이 들어가 있으면 안경집, 모래가 들어가 있으면?

– 닭똥집

다섯 그루의 나무를 심으면?

– 오목

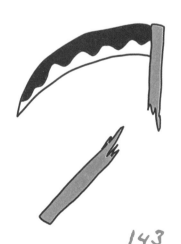

낫 놓고 기역 자도 모르는 이유는?

– 낫이 부러졌기 때문에

몸을 버리고 결국 짓밟히는 것은?
- 담배꽁초

사람의 욕심을 한 글자로 표현하면?
- 더

긴 막대기가 놓여 있는데, 이것을 손대지 않고 짧게 만들려면?
- 더 긴 것을 옆에 놓는다

절벽에서 떨어지다가 나무에 걸려 살아난 사람은?
- 덜떨어진 사람

미국의 자유의 여신상은 왜 서 있을까?
- 의자가 없어서

신혼 첫날 신랑이 신부를 안아 영화처럼 침대 위에 던졌는데,
신부가 죽었다. 왜?
- 돌침대였다

로또복권 당첨 확률을 두 배 올리는 방법은?

– 두 장 산다

만 원짜리와 오만 원짜리 지폐가 길에 떨어져 있다. 어느 것을
주워야 할까?

– 둘 다

뒤에서 부르면 돌아보는 이유는?

– 뒤통수에는 눈이 없으므로

목욕탕에 가서 두고 나오는 것은?

– 때

나폴레옹은 전쟁터에 나갈 때마다 항상 빨간 벨트를 찼다. 왜?

– 바지가 흘러내리니까

여자가 주로 바르고 남자가 즐겨 먹는 것은?

– 립스틱

로봇 형사 가제트의 성은?

– 마징

'너 진짜 미남이다'를 네 글자로 줄이면?

– 말도 안 돼

변호사, 검사, 판사 중 누가 제일 큰 모자를 쓸까?

– 머리 큰 사람

기린의 목이 긴 이유는?

– 머리가 몸에서 멀리 떨어져 있기 때문에

바닷물이 짠 이유는?

– 물고기들이 땀을 내면서 뛰놀아서

사람의 신체 일부를 볶아 먹고 사는 사람은?

– 미용사

얼굴은 예쁜데 속이 텅 빈 여자는?

– 마네킹

돼지가 열을 받으면?

– 바비큐

여자는 없는데 남자는 아래쪽에 하나 있는 것은?

– 받침

'곰'을 뒤집어 놓으면 '문'이 된다. 그렇다면 '소'를 뒤집어 놓으면?

– 발버둥친다

하늘에 별이 없으면?

– 별볼 일 없다

하늘에 해가 없으면?

– 못 말린다

하늘에 달이 없으면?
- 날 샜다

배꼽파기, 배꼽파기, 배꼽파기… 를 계속하면?
- 배꼽에서 피난다

오토바이를 타고 가던 호랑이가 토끼를 보고 하는 말은?
- 타이거

많이 맞을수록 좋은 것은?
- 시험문제

콜라와 마요네즈를 섞으면?
- 버려야 한다

하늘의 별 따기보다 더 어려운 것은?
- 별 달기

참새와 독수리가 공중에서 정면충돌했다. 무슨 현상일까?
- 보기 드문 현상

149

인삼은 6년근일 때 캐는 것이 제일 좋다. 산삼은 언제 캐는 것이
좋을까?

– 보는 즉시

못생긴 여자들을 매우 좋아하는 남자는?

– 성형외과 의사

7장 덩달이 시리즈

덩달아

선생님이 수업시간에 '덩달아'라는 단어를 집어넣어 글짓기를 하라고 했다.

얼마 후, 반장이 먼저 일어나 발표했다.

"갑자기 비가 오니까 우산이 많이 팔렸다. 덩달아 비옷도 많이 팔려나갔다. 이것으로 나의 발표는 끝났다. 그런데 이때 우리 반 골칫덩이 덩달이가, 자기도 발표를 하겠노라고 일어섰다."

덩달이가 일어서며,

"비가 더 오니까 덩달아 장화도 팔렸다."

서울대

덩달이가 라면을 끓여 먹으려고 부엌에 들어가다가 실수로 싱크대 모서리에 이마를 찧고 말았다. 정통으로 찧어서 얼마나 아프던지 눈물이 쏙 빠져나왔다.

간신히 라면을 끓여서 방으로 들고 와 먹고 있는데 그때 할머니가 문을 열고 들어오며 하시는 말씀.

"덩달아, 너 아까 부엌서 울데?"

백제, 신라, 고구려

시골에서 양돈장을 운영하는 노부부가 있었다.

어느 이른 새벽, 할머니가 일어나보니 할아버지는 벌써 칼을 갈아 들고 돼지우리 쪽으로 가고 있었다.

할머니가 물었다.

"영감, 돼지 배 째시라고구려?"

닥치고 가만히 있어

덩달이가 시골에 살 때 일이다.

하루는 덩달이가 혼자 집을 보고 있는데 강도가 들이닥쳤다.

강도가 위협하며 이렇게 말했다.

"닥치고 가만히 있어!"

그러자 덩달이는 옆에서 모이를 쪼고 있던 닭을 마구 친 다음 가만히 있었다.

강도가 다시 한 번 윽박했다.

"닥치고 가만히 있으랬잖아!"

덩달이는 이번에도 옆의 닭을 치고 가만히 있었다.

그런데 웬일인지 강도는 화를 벌컥 내며 덩달이를 마구 두들겨 패는 것이었다.

덩달이가 억울하다는 투로 항의했다.

"씨, 시키는 대로 다 했는데 왜 때려요?"

그러자 강도는 이렇게 말하는 것이었다.

"인마, 가마니를 안 썼잖아!"

154

크리스마스

　연말연시를 맞아 덩달이네 온 식구가 한자리에 모였다.

　막상 모였지만 심심했다. 그래서 온 가족이 함께 즐길 수 있는 놀이
로 술래잡기를 하기로 하고 가위바위보를 했다.

　첫 번째 술래는 할아버지였다. 할아버지는 얼마 후 덩달이를 비롯
한 다른 식구를 모두 찾았다. 하지만 딱 한 사람, 할머니가 안 보이는

게 아닌가.

할아버지는 할머니를 찾아 온 집 안을 샅샅이 뒤졌다. 급기야 나중에는 부엌 아궁이까지 들여다보며,

"할멈, 그리 숨었수(크리스마스)?"

나이스

덩달이는 오늘 학교에서 'Nice'라는 단어를 배웠다.

그 단어를 까먹지 않으려고 집에 오는 도중에도 내내 중얼거리며 외웠다.

그런데 집에 도착하자 그만 잊어버리고 말았다.

문득 용변을 보려고 화장실 문을 노크했다.

분명 문이 잠겨 있었는데 안에서는 대꾸가 없었다.

덩달이는 다시 한 번 노크를 했다.

그러자 비로소 안에 있던 할머니가,

"나 있수(나이스)."

리처드 기어

　운전면허증을 따기가 무섭게 중고차를 구입한 덩달이가 시운전 삼아 자유로에 진입했다.

　그런데 차가 중고여서 그런지 영 속도를 내지 못했다.

　"칫, 이거 뭐야?"

　기분이 잡친 덩달이는 차를 변두리 차선으로 천천히 몰았다.

　그런데 얼마쯤 가다보니 바로 옆 차선을 달리던 다른 차 한 대도 속도를 내지 못하고 있는 게 아닌가.

　이때 차창을 내리면서 덩달이가 하는 말,

　"니 차도 기어(리처드 기어)?"

최불암

　밤 9시가 되어 일찌감치 잠자리에 들려고 하던 덩달이 할머니가 별안간 울리는 초인종 소리에 놀라 밖으로 나갔다.

　보니, 찾아온 사람은 우체부였다.

　할머니가 고개를 쑥 빼고 내다보며 하시는 말씀,

　"이 밤중에 웬 우최부람(최불암)?"

초보자

소낙비가 억수같이 쏟아지던 밤, 덩달이네 동네가 갑자기 정전이 되었다.

집 안이 암흑천지로 변하자 덩달이가 양초를 찾았다.

하지만 개똥도 찾으면 없다고, 양초를 찾는 데 한 시간이 넘게 걸렸다.

간신히 찾은 양초에 불을 붙이려고 하는데 같이 초를 찾아 헤매던 할머니가 하는 말,

"나도 초보자."

발명품

덩달이가 거실에서 텀블링을 하다가 그만 할아버지께서 애지중지하던 골동품을 깨뜨려버렸다.

그것을 본 할아버지가 경악하며 하시는 말씀,

"씨발, 명품인디……."

159

권태기

하루는 덩달이가 할머니를 모시고 모처럼 영화를 보러 갔다.

영화 제목은 서편제.

그런데 영화를 다 보시고 난 할머니가 눈물을 글썽이며 이렇게 말했다.

"영화는 역시 권태기(임권택)가 최고여!"

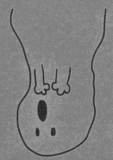

8장 만득이 시리즈

8

시리즈 원조

만득이가 만두가게에 들어가 만두를 주문했다. 마침 그 가게 안에는 귀신도 와 있었는데, 보니 선반 위에 얹어놓은 만두 하나가 막 떨어질랑말랑 하는 것이었다.

그것을 본 귀신이 아슬아슬한 심정으로,

"만두가, 만두가……!"

하고 중얼거렸고, 때아닌 귀신 소리를 들은 만득이는 즉시 그곳에서 달아나버렸다.

그 뒤 재미를 느낀 귀신이 줄곧 만득이를 쫓아다니며,

"만득아, 만득아!"

하고 불러대면서 '만득이 시리즈'가 생겨나게 되었다고 한다.

엘리베이터에서

만득이네 집이 아파트로 이사했다.

이사 첫날 엘리베이터를 타고 올라가는데, 2층에서 땡 소리와 함께 문이 열리더니,

"만득아, 만득아!"

하는 귀신 소리가 났다.

그러자 만득이는 아파트까지 쫓아온 귀신이 얄미워서 얼른 닫힘 버튼을 눌렀다.

엘리베이터가 3층에 도착했는데, 이번에도 다시 땡 소리와 함께 귀신이 나타났다.

"만득아, 만득아!"

잽싸게 닫힘 버튼을 누른 만득이가 가만히 생각해보니 귀신은 분명히 4층에서도 나타날 것 같았다.

그래서 4층 문이 열리기가 무섭게 잽싸게 닫힘 버튼을 눌렀다.

그러자 귀신 왈,

"문두구, 문두구!" (엘리베이터 문이 닫히자 다급해진 귀신이 다짜고자 입만 내밀었는데, 그 입이 엘리베이터 사이에 끼었다)

오토바이를 타면서

　하루는 만득이가 스쿠터를 타고 어디론가 가고 있는데, 그날도 귀신이 따라붙으며,

　"만득아, 만득아!"

　하고 불렀다.

　"젠장, 저건 왜 또 따라오고 지랄이야?"

　만득이는 그렇게 중얼거리고 나서 전속력으로 스쿠터를 몰았다.

　그러자 귀신이 갑자기 어디서 구했는지 모를 숑카(폭주족들이 주로 타는 오토바이)를 타고 순식간에 만득이를 스쳐 지나가면서,

　"마아아아아드으으으가아아아~~~~~~~~~~~!"

노래방에서

　노래방에 들어간 만득이가 신나게 열창을 하고 있는데 갑자기 귀신이 나타나서,

　"만득아! 만득아!"

　하고 부르는 것이었다.

　만득이는 그런 귀신이 무척 귀찮아졌다.

164

그래서 양손으로 귀를 틀어막은 채 한 곡을 선택하여 불렀다. 곡목은 '찬찬찬',

"술잔을 부딪치며~~~!"

만득이가 열창하는데, 옆에 있던 귀신은 '찬, 찬, 찬' 가사 대신 이렇게 덧붙였다.

"술잔을 부딪치며 만, 득, 아~~~!"

디스코텍에서

만득이가 한번은 디스코텍에 들어가 빠른 리듬에 맞춰 춤을 추고 있는데, 귀신이 뮤직박스 안으로 들어가서 디스코 리듬에 맞춰가며,

"만만 만득아, 만만 만득아, 만만 만득아!"

전철에서

전철이 서서히 들어오는 순간, 만득이는 무심코 건너편에 서 있던 귀신을 보게 되었다.

"어, 만득이?"

귀신이 아는 체를 했지만 만득이는 전철이 서기가 무섭게 잽싸게 안으로 뛰어들었다.

한편 귀신은 만득이와 교차하는 지점에서,

"만득아, 만득아!"

이렇게 외칠 만반의 준비를 하고 있었는데 방향이 서로 정반대인 두 대의 전철은 순식간에 비켜 지나가고 말았다.

만득이가 전철 안에서 들은 귀신의 목소리는 이랬다.

"마아아아아아아아아아안~~~!"

화장실에서

만득이가 공부를 하고 있는데 갑자기 아랫배가 살살 아팠다. 그래서 화장실로 가 바지를 내리고 앉았는데 갑자기 귀신이 부르는 소리가 들려왔다.

"만득아, 만득아!"

그런데 아무리 사방을 둘러보아도 귀신이 보이지 않았다. 혹시나 하고 밑을 들여다보니, 맙소사! 귀신이 변기 속에 들어가 있는 게 아

닌가.

하지만 어쩔 수 없었다.

급했던 만득이는 아랫배에 잔뜩 힘을 준 다음 일을 보았다.

이윽고 귀신은,

"마안드 으윽아압……!"

솔직히 말해

만득이를 좋아하는 귀신은 갖은 구박을 다 당하면서도 졸졸 만득이만 쫓아다녔다. 만득이는 그런 귀신을 귀찮아하면서도 적당히 같이 놀아주곤 했다.

그런데 어느 날부터는 만득이가 귀신을 쳐다도 보지 않는 것이었다. 불러도 들은 척도 안 했고 문도 열어주지 않았다.

그날도 만득이가 아침 일찍 집을 나서는데 간밤을 문밖에서 꼬박 새운 귀신이 다가서며 하는 말,

"만득이, 너 솔직히 말해. 나 말고 다른 귀신 생겼지?"

바이킹을 타다

만득이가 모처럼 에버랜드에 놀러 갔다.

그러자 귀신도 따라나섰다.

만득이는 먼저 바이킹을 타기로 했다. 귀신도 옆자리에 올라타고는,

"만득아, 만득아!"

하고 불러댔지만 만득이는 무시해버렸다.

이윽고 서서히 바이킹이 움직이기 시작했다.

처음에 바이킹이 천천히 움직일 때 귀신은,

"만~~~득~~~아~~~! 만~~~득~~~아~~~!"

하고 불러댔다.

곧이어 바이킹의 속도가 약간 빨라지자 귀신은,

"만~득~아~! 만~득~아~!"

하고 불렀다.

바이킹이 점점 속력을 내기 시작했고 이윽고 가장 높은 곳까지 치솟았다.

그러자 귀신은,

"만. 득. 아아아아악~~! 으. 아. 아아아아악~~!"

깡패를 만나다

학교를 파한 만득이가 집으로 돌아오고 있는데 갑자기 불량배가 나타나 협박했다.

"야, 너 돈 얼마 있어?"

"어, 없는데요······."

"뭐, 없다구? 정말이야? 너 만약 뒤져서 나오면 10원에 한 대씩이다!"

불량배의 위협에 만득이는 잔뜩 쫄아서 이러지도 저러지도 못하고 있는데 때마침 귀신이 나타났다. 만득이는 귀신에게 얼른 도와달라는 사인을 보냈고, 이윽고 귀신이 쓰윽 폼을 잡으며 다가왔다.

만득이는 속으로 안도의 한숨을 내쉬었다.

'휴. 저 귀찮은 녀석도 이럴 땐 쓸모가 있구나.'

그런데 곁으로 바싹 다가온 귀신은 깡패에게 이렇게 말하는 것이었다.

"쟤요, 돈 있어요. 되게 많아요요요요요~~~!"

빼빼

귀신 때문에 극도로 피곤해진 만득이가 급기야 서울 생활을 정리하고 한적한 시골로 내려갔다.

시골에 도착한 만득이는 즉시 집 한 채를 지었는데, 그 집은 창문도 없고 출입문도 납땜으로 봉한 완전밀폐형이었다. 단 하나의 이유, 귀신

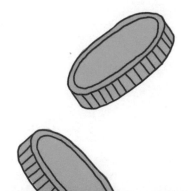

의 접근을 막기 위하여.

이사 후 한동안은 그렇게 평화로울 수가 없었다.

하지만 그로부터 꼭 일주일이 지난 어느 날, 느닷없이 삐삐가 와서 보니 '10000'이 찍혀 있었다.

"아니, 만……!"

순간 모골이 송연해진 만득이는 들고 있던 삐삐를 냅다 방바닥에 집어던졌다.

"드드드드득……."

놀란 만득이가 호기심을 참지 못해 다시 삐삐를 들여다보았다.

그랬더니 거기에는 '2'라고 찍혀 있었다.

귀신, 귀국하다

귀신의 괴롭힘을 견디다 못한 만득이가 급기야는 비행기표 한 장을 구해 귀신을 하와이로 쫓아버렸다.

그로부터 몇 년의 세월이 흘러갔고, 만득이는 불현듯 귀신이 그리워졌다. 그래서 귀국하라는 전보를 쳤다.

귀신이 입국하는 날, 만득이는 공항으로 마중을 나갔다. 비행기에서 내린 귀신이 한눈에 만득이를 발견하고 뛰어왔다.

귀신이 한 손으로 선글라스를 살짝 들어올리며 꼬부라진 혀로 이렇게 말했다.

"오우! 만드키!"

귀신, 치매에 걸리다

만득이가 길을 가는데 이번에도 어김없이 귀신이 따라붙었다.

그런데 귀신은 이미 나이가 들어 치매 증세를 보이고 있었다.

만득이를 보고도 예전과는 달리 고개를 갸우뚱하면서,

"어, 어디서 많이 본 것 같은데……?"

하는 것이었다.

만득이를 따라온 귀신이 그냥 지나치기 서운해서 간신히 입을 열었는데,

"혹시……만강이?"

9

저승에서

사오정이 죽어서 염라대왕 앞으로 불려나갔다.

염라대왕은 이승에서 사오정 인기가 대단했던 점을 감안, 뭐든 원하는 것 한 가지를 들어주기로 했다.

"그래, 사오정, 자넨 뭐가 되고 싶은가?"

염라대왕의 물음에 사오정이 뭐라고 했는데, 사오정은 그만 갓난아기가 되고 말았다.

대체 사오정이 뭐라고 했을까?

– "에(예)?" (염라대왕의 말을 잘못 알아들어서)

레스토랑에서

사오정 1, 2, 3이 레스토랑에 갔다.

먼저 메뉴판을 본 사오정 1이 말했다.

"난 돈까스!"

옆에 있던 사오정 2는,

"난 스파게티!"

그러자 여태껏 잠자코 있던 사오정 3은 이러는 것이었다.

"웨이터! 여기 스테이크 3인분!"

사오정 1, 2는 썰렁한 표정을 지어야만 했다.

그런데 한술 더 뜬 것은 그곳에서 일하는 사오정 웨이터였다.

웨이터가 주방을 향해 외쳤다.

"3번 테이블에 커피 석 잔이요!"

지금 몇 시?

사오정이 엄마와 함께 TV를 보면서 저녁 식사를 하고 있는데, 엄마가 문득 물었다.

"얘, 오정아. 지금 몇 시나 됐니?"

그러자 사오정은 이렇게 대답하는 것이었다.

"MBC!"

오정의 말에 엄마가 깜짝 놀라며,

"아니, 벌써 시간이 그렇게나 됐니? 그런데 네 아빠는 왜 아직 안 들어온다냐?"

한 게임 더

사오정 아빠가 환경미화원 일을 하게 되었다. 새벽마다 일하러 나가시는 아빠를 안타까운 마음으로 지켜보던 사오정.

하루는 사오정이 그런 아빠를 돕겠다며 새벽 일찍 따라나섰다. 팔을 걷어붙이고 빗자루를 들고 열심히 아빠를 도와드렸다.

얼마나 지났을까? 이젠 무거운 리어카를 끌고 가파른 언덕을 오를 차례였다. 아빠가 끌고 사오정은 뒤에서 열심히 미는데, 일을 처음 해 보는 사오정인지라 금세 헉헉대기 시작했다.

그런 아들을 바라보며 아빠가 말했다.

"힘들지? 내일부턴 나오지 마라."

그러자 사오정이 뒤로 발라당 드러누우며 하는 말,

"씨, 한 게임 더 해?"

앗, 나의 실수

사오정의 도덕 선생님은 유난히 혀가 짧았다.

어느 도덕 시간, 이 혀 짧은 선생님이 학생들에게 말했다.

"에~~! 우리 인간은 언제든지 실수를 할 수가 있습니다. 중요한 것은 이 실수를 어떻게 슬기롭게 극복하느냐에 달렸죠. 요즘 TV에서 하는 '앗, 나의 실수'라는 프로 다들 알죠?"

학생들이 일제히 대답했다.

"예!"

하지만 딱 하나, 귀가 어두운 사오정만은 알아듣지 못하고 눈을 멀뚱멀뚱하고 있었다.

그 사오정을 보며 혀 짧은 선생님이 다시 물었다.

"사오정, 넌 '앗, 나의 실수' 모르니?"

그러자 여태껏 가만히 있던 사오정이 고개를 두리번거리며 옆의 친구에게 묻는 것이었다.

"안나가 누구기에 저래?"

국물이 왕!

안 들리는 귀 때문에 뜻하지 않은 인기를 누리게 된 사오정.

개그맨 이상의 인기를 누리게 된 이 사오정이 CF 촬영을 했다.

모 라면 광고였는데, 사오정이 맡은 역할은 상대 여자 모델이 "국물이" 하면 "끝내줘요" 하고 대꾸하는 것이었다.

몇 번의 연습 끝에 녹화가 시작되었고, 여자 모델이 "국물이" 했다.

그러자 사오정은 느닷없이 절봉이 흉내를 내며 이러는 것이었다.

"왕입니다요!"

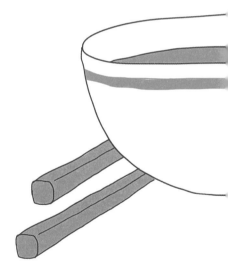

잠시 꺼두셔도 좋습니다

사오정이 '스피드 011' 광고에 출연하게 되었다.

사오정이 맡은 역할은 간단했다. 강가에 미모의 여자 모델과 함께 분위기 있게 서 있다가,

"또 다른 세계와 만날 땐 잠시 꺼두셔도 좋습니다."

라고 딱 한마디만 하면 되는 것이었다.

마침 바람도 잔잔했고, 모델과 사오정의 분위기도 괜찮았다. 강물을 바라보며 서로 의미 있는 눈길을 주고받는 두 사람. 이때 '삐리리릭~~!' 전화벨이 울리고, 드디어 사오정이 멘트를 할 차례였는데,

"또 다른 여자를 만날 땐 잠시 꺼두셔도 좋습니다."

아프대요

사오정에게 또 한 번의 CF 섭외가 들어왔다.

촬영 장소에 도착해서 막 촬영을 하고 있는데, 느닷없이 '띠리릭……!' 전화벨이 울렸다.

전화를 건 사오정의 아내가 말했다.

"여보! 난데 잠깐만~~!"

하고는 아직 어린 아들에게 전화 수화기를 들이대며,

"아빠 해봐, 아~! 빠……! 아까 했잖아? 아~! 빠!"

엄마의 재촉에 어린 아들이 수화기를 입에 대고,

"아빠빠빠빠빠……!"

그러자 아들의 전화를 받고 난 아빠 사오정은 시무룩한 표정을 하더니 주위 사람들에게 이렇게 말했다.

"아프대요……."

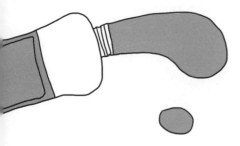

바뀌었습니다

사오정이 이번에는 염색약 광고에 출연하게 되었다.

CF의 줄거리는 딸이 자기 엄마의 머리를 염색해주고 나서,

"우리 엄마 맞아요?"

하고 묻는 매우 간단한 것이었다.

딸 역을 맡은 사오정은 열심히 연습을 했다.

그런데 카메라가 돌아가고 차례가 되어 사오정이 멘트를 하는데,

"이 머리가 이렇게 바뀌었습니다."

하는 것이었다.

짬뽕?

"실시!"

특공훈련을 받고 있던 김국진이 낙하하는 비행기 안에서 핸드폰을 꺼내며,

"나 실시한다~~!"

하고는 짜장면 집으로 전화를 걸었다.

이 전화는 즉시 지상의 북경반점으로 연결되었는데,

"예, 짜장면 한 그릇이요. 알겠습니다. 즉시 배달합죠!"

얼마 후 간신히 비행기 문에 매달린 사오정이 숨을 헐떡이며 김국진에게 물었다.

"아저씨, 짜장면 시키셨죠? 헥헥……!"

김국진이 놀라는 표정으로 말했다.

"어~~? 벌써 왔네~~!"

그러자 이 말을 들은 사오정은,

"아니, 짬뽕~~? 으악~~~!"

하고 추락해버렸다.

안 들려요

안 들리는 귀 때문에 폭발적인 인기를 얻게 된 사오정이 이번에는 레코드를 취입하고 가수로 나섰다.

타이틀곡은 그의 특성에 걸맞은 '안 들려요'였다. 절정에 다다른 인기 때문인지 레코드는 불타나게 팔려 나갔다. 30만 장, 50만 장, 1백만 장…… 발매 한 달 만에 무려 230만 장이라는 기록적인 판매고를 수립했다. 서태지를 압도하는 신기록 행진에 '안 들려요'는 즉시 방송국의 인기 차트 1위 후보에 올랐다.

여기는 NBS 방송국, 인기가요 TOP 10 생방송 현장. 각종 차트와 ARS 집계가 이어졌고 이윽고 1위를 발표할 차례였다. 긴장된 효과음이 울리는 가운데 MC가 입을 열었다.

"금주의 1위 곡은 사오정의 '안 들려요'가 차지했습니다!"

"와~~!"

"와우!"

사방에서 폭죽과 꽃가루가 뿌려졌고, 수많은 방청객들이 열렬한 박수와 함성을 보냈다.

MC가 사오정에게 마이크를 들이댔다.

"사오정 씨, 소감 한 말씀하시죠."

그러자 사오정은 이러는 것이었다.

"네, 이렇게 1위 후보에 올랐다는 자체만으로도 저한테는 엄청난 영광입니다. 감사합니다!"

"??"

사오정의 말도 안 되는 답변에 MC가 몹시 당혹스러워했다. 그가 귓속말로 사오정에게 속삭였다.

"사오정 씨, 1위 후보가 아니라 1위예요. 최고 인기곡이라구요."

그러자 사오정은 잔뜩 눈살을 찌푸리면서,

"알았어! 스펄, 나가면 되잖아!"

하고는 툴툴거리며 무대를 내려가버렸다.

우정의 무대

사오정이 군대에 갔는데, 그 부대에서 뽀빠이 이상용이 진행하는 우정의 무대를 촬영하게 되었다. 사회자 이상용 아저씨가 침을 튀겨가며 말했다.

"자, 이제부터 장병 여러분의 장기자랑 시간입니다. 자랑하고 싶은 장기가 있으신 분들은 지금 즉시 무대 위로 나오십시오!"

사회자의 말이 끝나기가 무섭게 수십 명의 병사들이 무대가 무너져라 뛰어나갔다.

그런데 이상하게도 이번에는 사오정 이병이 가장 빨랐다.

무대 위로 뛰어오른 사오정이 마이크를 낚아채기가 무섭게 외쳤다.

"뒤에 계신 분은 저의 어머니가 확실함다!"

나, 사오정이다

손오공이 어느 날 무료함을 달래기 위해 사오정에게 물었다.

"오정아 오정아, 넌 누구냐~~?" (감자칩 꼬비 선전 투로)

그러자 사오정은,

"나 사오정이다~~!"

"허, 제법인데? 어쩐 일이냐? 말귀를 다 알아듣고?"

사오정이 모처럼 말상대가 되자 손오공은 다음 것도 계속했다.

"구웠니, 삶았니~~?"

그러자 사오정은,

"나 사오정이다~~!"

빨리 갔다 와

사오정이 애인과 함께 모처럼 분위기 좋은 카페에 앉아 있었다.

갑자기 애인이 사오정 어깨에 머리를 살포시 기대며 깜찍한 목소리로 물었다.

"자기~~! 나, 사랑해?"

그러자 사오정은,

"응!"

사오정은 그냥 한번 해본 것뿐이었다.

하지만 사오정으로부터 확실한 대답을 듣게 된 애인은 뛸 듯이 기뻤다. 게다가 귀 어두운 사오정이 이번에는 제대로 알아들은 것도 마냥 신통했다.

"정말?"

"그래."

사오정 애인은 너무나 감격한 나머지 사오정의 뺨에 쪽! 소리가 나도록 키스도 해주었다.

그런데 사오정은 머쓱한 표정을 지으며 이렇게 말하는 것이었다.

"냄새 나니까 빨랑 갔다 와! 들어올 때 보니까 오른쪽이 화장실이더라."

순간 사오정 애인은 "뜨아아아~!"

서경석 흉내를 내며 쓰러져 전치 18주의 뇌진탕을 입었다고.

버스 종점에서

사오정은 공부를 하느라 몸이 매우 고단했다. 그래서 집에 오는 버스 안에서 졸다가 내리는 것도 잊고 그만 버스 종점까지 가고 말았다.

운전을 마친 기사 아저씨가 버스 안을 살피다가 사오정을 발견하고는 안타까운 표정으로 흔들어 깨웠다.

"학생 다 왔어."

사오정이 그제야 손으로 눈을 비비면서 일어났다.

운전기사는 사오정 학생이 무척 안쓰러워 보였다. 그래서 자기가 즐겨 먹는 박카스를 한 병 꺼내 건네면서,

"공부하느라 힘들지? 자, 이거 한 병 마셔."

그러자 사오정은 이렇게 대꾸하는 것이었다.

"아뇨, 전 두 정거장이나 지났는걸요."

"……??"

목욕

방금 전 목욕을 마친 저팔계가 사오정을 만났다.

저팔계가 두 팔을 활짝 펴며 말했다.

"어휴, 시원하다!"

이에 사오정이 물었다.

"너 지금 어디서 오는 길인데?"

"응, 목욕탕."

제대로 알아듣지 못한 사오정이 다시 물었다.

"어디라구?"

"목욕탕!"

그러자 사오정이 하는 말,

"에이~~! 거짓말, 사실대로 말해. 너 목욕하고 오는 길이지?"

오띠 번

사오정이 어느 슈퍼마켓에 들어갔는데, 이 가게는 혀가 유난히 짧은 사람이 운영하는 곳이었다.

풍선껌 하나를 집어 든 사오정이 주인에게 물었다.

"이거 얼마예요?"

그러자 주인은,

"오띠 번."

"뭐라구요?"

"오띠 번."

그러잖아도 귀가 잘 안 들리는 사오정은 자신의 청력을 총동원하여 그 말을 알아듣고자 했다.

"뭐라구요?"

"오띠 번!"

"아저씨, 그러지 마시고 말을 좀 또박또박 나눠서 해보세요."

그러자 가게 주인은 이렇게 말해주는 것이었다.

"띠번, 띠번, 띠번, 띠번, 띠번!"

10

허무한 삼행시

⧉⧉⧉

마 : 마 졌습니다요 형님

돈 : 돈도 뺏겼습니다요 형님

나 : 나도 뺏겼다 아그야~!

⧉⧉

거 : 거울아 거울아, 내 몸매 어때?

울 : 울랄라~~~? 임신하셨어요? (이다도시 말투로)

◪

구 : 구슬아 구슬아, 이 세상에서 누가 젤 예쁘니?

슬 : 슬슬 또 시작이군.

◪

푸 : 푸우는 변태다!

우: 우또리(웃도리)만 입고 다닌다.

◪

독 : 독사에 물리셨습니까 행님~?

도 : 도, 독 퍼진다. 말 시키지먀 새캬!

◪

우 : 우물아 우물아, 이 세상에서 누가 제일 예쁘니?

물 : 물이나 퍼가 이년아~!

엘리베이터

어느 빌딩의 엘리베이터는 정원이 10명이었고, 그 이상이 타면
'삐이!' 하는 경고음을 내며 문이 닫히지 않았다.

그런데 이상하게도 한번은 15명이 탔는데도 그 엘리베이터가 무사히
작동했다. 대체 어떻게 된 일일까?

－사람 수를 잘못 세었다.

동문서답

절 좋아하세요? ············· 그럼 불국사로 오세요

절 좋아하세요? ············· 아뇨, 전 성당 다니는데요

그게 무슨 말이야? ············· 이건 얼룩말이지

넌 재수 없어 ············· 이번에 꼭 입시 합격하라고

우리 앞으로 만나지 말자 ············· 그럼 뒤로 만나야겠네

너 죽을 준비해! ············· 아냐, 난 라면 먹을 거야

너무해, 진짜 너무해! ············· 아냐, 내가 배추할게!

날 생각하지 마 ············· 그래, 어차피 날개도 없는 걸 뭐

나 말리지 마 ············· 너, 건조해지는 게 싫구나

너 못생겼다고 소문났더라 ·············· 그래, 망치도 준비할 거야

나 묻고 싶은 거 있는데 ·············· 그럼, 삽을 줄까?

개와 인간

개와 인간이 육상경기를 벌였다.

그런데 그 경기의 결과는 매번 다음 세 경우 중 하나였다.

- 사람이 이긴 경우
- 개보다 더한 놈
- 사람이 진 경우
- 개보다 못한 놈
- 사람이 개와 비겼을 경우
- 개 같은 놈

좋아지는 방식

21세기의 한국 경제는 어떻게 될 것인가.

각종 여론조사 결과 좋아질 것이라는 낙관이 압도적인 가운데 이런 대답들이 나왔다.

- 차차 좋아질 것이다
- 자동차회사 직원
- 점점 좋아질 것이다
- 점쟁이
- 표나게 좋아질 것이다
- 선거 입후보자
- 싸게 좋아질 거제!
- 변비약 장수

작곡가

썰렁이가 어떤 회사 면접시험을 보러 갔다.

마침 썰렁이를 면접할 마음씨 좋아 보이는 면접관은 쉬운 문제를

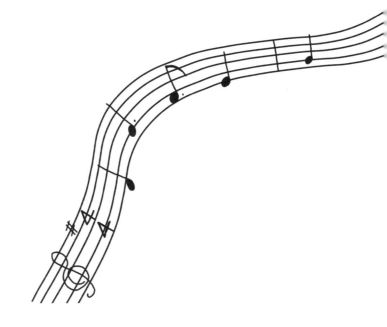

내주었다.

"자네 애국가를 작곡한 사람 혹시 알고 있나?"

"……."

쉬운 문제였지만 머리가 나쁜 썰렁이는 얼른 기억이 나지 않았다.

"모르나?"

면접관의 독촉에 썰렁이는 간신히 입을 열면서,

"혹시, 성이 '안'가에 끝자가 '태' 아닙니까?"

면접관이 고개를 끄덕였다.

"맞네, 어서 말해보게."

그러자 썰렁이가 자신 있다는 투로 소리쳤다.

"안단태요!"

자살 일기

1

12월 1일

삶의 의욕이 없다. 죽고 싶었다.

자살하려고 약국 가서 약을 사다가 2통이나 먹었다.

그런데,

안 죽었다!

미치겠다!! ㅡㅡ;;

2

12월 2일

용케도 다시 약을 구해다가 먹었다.

매우 쓴 약을…… 으, 최후의 인내심을 갖고 다 먹었다.

그런데, 안 죽었다!

알고 보니, 출산에 도움이 되는

보약이란다!!! ㅡ_ㅡ;;

괜히 몸만 건강해졌다!

3

12월 3일

이번에는 방법을 달리하기로 하고, 뾰족한 돌을 하나 구했다.

그 돌로 머리를 세차게 내리쳤다.

박터졌다.

그런데, 안 죽었다!

머리에서 피만 죽어라 났고, 결국 병원으로 실려가 살아났다!

4

12월 4일

공원 벤치에 앉아 있는 어떤 사람이 시커먼 물을 먹고 잔뜩 인상을 구긴다.

옳거니! 하고 나도 그걸 원샷했다.

그러자, 우욱~~!

콜라였다!

원샷하느라 속 뒤집혀 죽는 줄 알았다.

201

5

12월 5일

고속도로 정중앙으로 걸어가다가 경찰에게 끌려갔다.

엄마가 경찰서로 찾아왔고, 집에 돌아와 죽지 않을 만큼 맞았다.

6

12월 6일

고속도로를 포기하고, 이번에는 그냥 집 앞 차도로 나갔다.

차 한 대가 달려왔고, 나는 무작정 차 쪽으로 뛰었다.

그리고 부딪쳤다!

그런데 …… 알고 보니, 티코였다.

차값만 물어줬다.

7

12월 7일

동맥을 끊기로 했다.

면도칼로 손목을 살짝 그었다.

무지무지 아팠다.

죽더라도 도저히 이 방법으로는 안 될 것 같았다.

8

12월 8일

약국에 가서 쥐약을 달라고 했다.

그런데 집에 가져와서 보니,

초강력 끈끈이였다. ㅡ _ㅡ;;

고소한 복수 1

친구한테서 문자 메시지가 왔다.

하늘에 커다란 원 하나를 그려봐.

더 크게

더 크게……

다 그렸니?

그 만큼이 네 머리야!

도무지 약이 올라 참을 수가 없었다.

그래서 나도 즉시 답장을 보냈다.

잔잔한 호수에 예쁜 돌 하나를 던져봐.

그리고 원이 얼마나 커지는지 바라봐.

그게 너의 똥배야!

와! 크다……!! ^^

고소한 복수 2

친구한테서 문자 메시지가 왔다

울 집에서
된장찌개
끓이는데
놀러올래?
....
....
....
....
호박이
떨어져서
말야.

곧 복수의 메시지가 전달되었다.

미친 것.

울 집에선

감자탕 끓인다.

돼지 뼈가 필요하니

....

....

....

....

니가 와서 뼈 좀 내놔.

엽기 트럭

경부고속도로를 달리다가 바로 앞서 달리는 트럭에 써 있는 글을 보고 뒤집어지는 줄 알았다.

생선을 싣고 가는 그 트럭 차 후면부에는,

'이 차에는 어린 광어, 어린 우럭, 어린 넙치, 어린 도미가 타고 있습니다.'

학회실에서

대학교 학회실에서 벌어진 일이다.

점심시간이 끝난 나른한 오후, 학생들은 수다를 떨며 수업시간을 기다리고 있었다.

이때 갑자기 교수님이 들어오시더니 물었다.

"음, 과대표 어디 갔나?"

학생들이 대답했다.

"잘 모르겠는데요."

마침 그때 한 학생이 학회실로 들어왔다.

교수님이 그를 향해 말했다.

"어이! 거기 자네! 자네, 머리 모양이 그게 뭔가?"

"네?"

"자네가 무슨 폭주족인가! 아니면 연예인이라도 되나? 어디 말 좀 해보게!"

"저~어……!"

"학생이 학생답게 하고 다녀야지. 안 그런가?"

그러자 그 학생은 이렇게 말하는 것이었다.

"저~어~ 그릇 찾으러 왔는데요." - _ -;;

추억의 문자 메시지

- 너 꼭 나한테 시집⋯⋯⋯⋯⋯사주라.

- 좃까지⋯⋯⋯⋯⋯만 데려다주세요.

- 매일 아침 널 커피향 속에서 깨어나게 해줄게

    ⋯⋯⋯⋯⋯88다방 여직원 구함.

- 넌 왜 사니?⋯⋯⋯⋯⋯난 3인데.

- I LOVE U⋯⋯⋯⋯⋯NITEL.

- 너에게 주고 싶은 선물 있어⋯⋯⋯⋯⋯케이. 아이. 엘. 엘.

- 너 모야⋯⋯⋯⋯⋯난 웃인데.

- 너 보구 시퍼⋯⋯⋯⋯⋯렇게 질렸어.

- 너 돼질 준비해⋯⋯⋯⋯⋯나는 상추를 준비할게.

- 너는 나가 뒤져줄래?⋯⋯⋯⋯⋯나는 안에서 뒤질게.

- 사랑⋯⋯⋯⋯⋯5랑 더하면 9지?

- 그게 무슨 말이야?⋯⋯⋯⋯⋯얼룩말? 조랑말?

- 나 묻고 싶은 거 있는데⋯⋯⋯⋯⋯삽 줘!

- 나 미칠 거야⋯⋯⋯⋯⋯그러니 넌 파를 쳐.

- 나 아파⋯⋯⋯⋯⋯트에 살아.

- 나 오늘 그 애랑 잔다⋯⋯⋯⋯⋯르크 본다.

- 나 흥분데⋯⋯⋯⋯너 놀부 해.

- 난 예전부터 널⋯⋯⋯⋯뛰기를 잘해!

- 날 말리지 마⋯⋯⋯⋯건조해지잖아~!

- 내가 제일 사랑하는 너⋯⋯⋯⋯구리.

- 너 걔랑 해봤지⋯⋯⋯⋯난 소랑 달 봤어.

- 너 땜에 못 사러⋯⋯⋯⋯철물점에 간다.

- 너 사과해⋯⋯⋯⋯나 감 할게.

- 너 해본 적 있니?⋯⋯⋯⋯난 달도 봤는데.

- 너 혹시 날⋯⋯⋯⋯샜니?

- 너만⋯⋯⋯⋯두 먹을래?

- 너만을⋯⋯⋯⋯난 양파!

- 너무해⋯⋯⋯⋯나 배추 할게.

- 넌 나의 전부⋯⋯⋯⋯치는 솜씨 아니?

- 넌 천사⋯⋯⋯⋯난 비단 살게.

- 네가 원한다면⋯⋯⋯⋯난 네모할게!

- 당신을 통해 세상을 봅니다. 당신은 나의⋯⋯⋯⋯콘택트렌즈!

- 병원 뒤뜰이야. 폐가 안 좋아서 곧 죽을 거 같애⋯⋯⋯⋯광이 나 팔아야 겠군.

- 보고 싶다 니 펜티⋯⋯⋯⋯엄 컴퓨터.

- 보낼 걸 그랬어. 보내야만 했어·············가위 내서 졌어.
- 사랑해 그리고 기억해·············사랑해 그리고 니은 해.

  사랑해 그리고 디귿 해······.
- 싸가지·············고 와서 먹어!
- 아기 가졌어·············엄마가 이겼데여.
- 제발·············좀 봐! 때 꼈어!

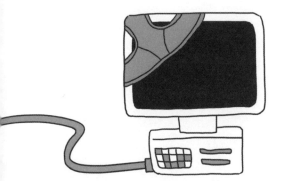

역사 속의 허무 개그

❊❊❊

일본 오랑캐들과 조선 수군들이 격렬한 전투를 벌이는 노량해전.

이순신 장군이 왜군이 쏜 총에 맞았다.

이순신 : 나의 죽음을 알리지 말라~!

부하들 : 예~!

❊❊❊

덩치 큰 어른들이 박혀 있는 칼을 뽑으려고 끙끙대고 있다.

신하 : 이 칼을 뽑는 사람이 국왕이 될 것이오~!

이때 어린 아서 왕이 다가왔다.

아서 왕 : 쑥~!

❊❊❊❊

잔다르크가 마녀 재판을 받고 있다.

잔다르크 : 내가 마녀라면 나를 불태워 죽여라~!

재판관 : 불 붙여~!

211

⊠⊠⊠

황산벌 전투에서 신라 화랑 관창이 살려줘도 자꾸 덤비자 백제 장
수들이 그를 붙잡아 계백 장군에게 끌고 갔다.

관창 : 차리리 나를 죽여라~!

계백 : 어~ 그래! (댕강 목을 자른다~)

⊠⊠⊠

장희빈이 사약을 받고 표독함을 드러낸다.

장희빈 : 난 죽을 수 없다. 내가 그 사약을 먹을 줄 아느냐!

집행관 : 맥여~!

⊠⊠

임진왜란 때 논개가 왜장을 꼬셔 술을 먹고 있다.

왜장 : 왜 껴안는 거시므니까? 떨어지겠스므니다~!

논개 : 휙~! (떨어졌다)

⊠⊠

젊은 링컨이 한 소녀를 만났다.

소녀 : 아저씨는 턱수염을 기르면 인상이 부드러워 보일 거예요.

링컨 : 어~ 그래! (그 후 수염을 길렀다)

2/2

⊠⊠⊠

에디슨의 어머니가 어린 에디슨을 찾고 있다.

어머니 : 너 닭장에서 뭐하니! 계란이라도 품고 있는 거야?

에디슨 : 응.

⊠⊠

영조가 사도세자를 불러 화를 내고 있다.

영조 : 저놈을 뒤주에 가두도록 하여라. 설마 제 놈이 죽기야 하겠느냐!

그로부터 한참 후.

신하 : 전하, 죽었는뎁쇼~!

지랄이야 시리즈

- 토끼와 거북이가 경주를 하는데,
  지랄……!
  토끼가 낮잠을 안 자고 지랄이야!

- 나무꾼이 산에서 나무하다가 도끼를 연못에 빠뜨렸는데,
  지랄……!
  이 도끼가 연못 위로 둥둥 뜨고 지랄이야!

- 나무꾼이 선녀 옷을 훔치려고 몰래 선녀탕에 숨어들었는데,
  지랄……!
  웬 산신령이 목욕을 하고 있고 지랄이야!

- 한번 실패한 나무꾼이 이튿날 제일 예쁜 선녀 옷을 잘 감췄는데,
  지랄……!
  그 선녀가 발가벗은 채 하늘로 올라가고 지랄이야!

– 흥부가 처마 밑에 있는 제비집에 뱀이 껄떡대는 것을 보고
  제비를 구하려고 뱀을 쫓는데,
  지랄……!
  아 글쎄 이놈의 뱀이 흥부를 물고 지랄이야!

– 흥부가 애써 치료해줘서 날려보낸 제비,
  아 글쎄 이놈의 제비가 이듬해 안 나타나고 지랄이야!

– 별주부가 물 밖에 나와 천신만고 끝에 토끼를 찾았는데,
  아 이놈의 토끼가 갑자기 경주를 하자고 지랄이야!

– 간신히 어르고 달래서 토끼를 바닷속으로 끌고 들어가는데,
  아 이 토끼가 갑자기 숨이 막히고 지랄이야!

– 여름날 베짱이는 신나게 놀고 개미는 열심히 일했는데,
  겨울이 오니까 개미들이 전부 얼어죽고 지랄이야!

– 사냥꾼에게 쫓기던 사슴이 나무꾼한테 숨겨달라고 애원하는데,
  아 이놈의 나무꾼 고자질하고 지랄이야!

- 왕자 일행이 유리구두의 주인공을 찾으러 신데렐라 집에 갔는데,
  아 그놈의 유리구두가 하필 계모 발에 맞고 지랄이야!

- 콩쥐가 두꺼비의 도움으로 독에 물을 다 채우고 잔칫집에
  가려는데,
  아 이놈의 두꺼비가 따라오고 지랄이야!

- 광한루에서 그네 타는 아리따운 춘향이를 불러오라고 방자를
  보냈더니,
  아 이놈의 방자가 향단이를 데려오고 지랄이야!

- 변 사또가 춘향이를 불러 수청을 들라고 주리를 트는데,
  지랄⋯⋯!
  춘향이가 좋아라 하며 얼른 이불 펴고 지랄이야!

- 옥에 갇힌 춘향이가 이 도령 오기만을 기다리는데,
  지랄⋯⋯!
  이놈이 과거에 떨어져서 재수 삼수 계속하고 지랄이야!

- 드디어 장원급제한 이 도령이 남원으로 내려왔는데,

  지랄……!

  춘향이가 변 사또하고 벌써 살림을 차리고 지랄이야!

- 스님이 공양미 삼백 석을 바치면 눈을 뜰 수 있다고 말하는데,

  지랄……!

  심 봉사가 그 말에 놀라서 눈을 뜨고 지랄이야!

- 심청이가 아버지를 위해 인당수에 뛰어들었는데,

  지랄……!

  바닷물이 갈라지고 지랄이야!

- 심청이 치마로 얼굴을 가리고 인당수에 몸을 던지려 하는데,

  지랄……!

  청나라 상인이 뒤에서 껴안더니 타이타닉 흉내를 내고 지랄이야!

- 심청이 왕비가 되어 궁궐로 심 봉사를 초청했는데,

  지랄……!

  뺑덕 어멈이 대신 오고 지랄이야!

217

– 흥부가 살려준 제비가 이듬해 씨앗을 물고 왔는데,

　지랄……!

　박 대신 오이가 열리고 지랄이야!

– 임금님이 밤에 평민 복으로 갈아입고 민간 시찰을 나왔는데,

　지랄……!

　갑자기 새우잡이 배에 끌려가고 지랄이야!

– 공주가 개구리에게 키스를 하자 개구리가 왕자로 변신을 했는데,

　지랄……!

　왕자가 폭탄이고 지랄이야!

– 베짱이가 놀고 있을 때 개미는 겨울을 대비하여 열심히 일만 했
　는데,

　지랄……!

　거기가 아프리카라 겨울이 없고 지랄이야!

– 호랑이가 떡 하나 주면 안 잡아먹는대서 하나 집어줬더니,

　지랄……!

　이놈이 떡엔 관심이 없고 할매한테만 관심을 갖고 지랄이야!

- 변소에서 만난 귀신이 빨간 종이 줄까 파란종이 줄까 하고 물을
  줄 알았는데,
  지랄……!
  이놈이 느닷없이 똥침을 놓고 지랄이야!

- 백설 공주가 마녀로부터 독약이 든 사과를 받았는데,
  지랄……!
  사과를 머리 위에 올려놓더니 화살 쏘기를 하고 지랄이야!

황당한 질문과 답변

Q : 안녕하세요? 전 25세의 자유를 사랑하는 여성입니다. 문제는 어젯밤에 일어났습니다.

어젯밤 전 남자친구와 화끈한 데이트를 했는데, 너무 열렬하게 한 나머지 몸에 선명하게 자국이 남아버렸어요.

내일 당장 수영장에 가기로 약속을 했는데, 남자 입술 자국이 남겨진 몸으로는 도저히 창피해서 갈 수가 없을 것 같습니다.

어쩌면 좋죠?

A : 어차피 비키니 수영복으로 다 가려지는 데 아닙니까?

Q : 안녕하세요? 전 해님초등학교 5학년 신상구인데요, 선생님이 숙제로 북극에 사는 동물 5개를 써오라고 내주셨어요. 저는 북극곰하고 펭귄밖에 몰라요. 나머지는 아무리 생각해도 생각이 안 나는데요, 어떻게 써 가야 되죠?

A : 북극곰 3마리, 펭귄 2마리라고 쓰세요.

Q : 현재 깊은 사랑에 빠져 있는 30세의 남성입니다.

이번에 전 명문대학을 졸업하고 대기업에 취직하게 되었습니다. 불황에 단번에 취직도 되고 게다가 용모도 번듯한 편이라 많은 여성들이 따르지요.

그런데 한 가지 문제가 있습니다. 제 아버지가 남들이 상상 못할 정도로 대단한 부자라는 사실입니다. 흔히 말해 10대 재벌 축에 들지요. 전 이 사실을 아직까지 애인에게 얘기해주지 않았습니다. 부담을 주기가 싫었던 것입니다.

그런데 그녀가 자꾸만 물어보니 더 이상 감출 수가 없군요. 이 사실을 알면 그녀가 어떤 반응을 보이게 될지, 그게 두렵습니다.

A : 새엄마를 맞이하게 되실 것 같군요.

Q : 저는 이번에 고등학교를 졸업한 사회 초년생인데요. 제 꿈은 만화 '드래곤볼'에 나오는 '트랭크스'의 머리 같은 헤어스타일을 하는 것입니다.

그런데 문제는 좀처럼 가운데 가르마가 안 된다는 것입니다.

가운데 가르마를 정말 하고 싶은데, 무슨 방법이 없을까요?

A : 머리카락이 홀수여서 그렇습니다. 한 가닥만 더 심으세요.

Q : 이번에 4수에 실패한 인생 낙오자입니다.

한번 해보려고 해도 잘 안 되고, 뭐든 자신이 없습니다. 그저 죽고 싶은 생각뿐입니다.

집에서도 저를 포기한 것 같습니다. 주위의 시선이 너무나 따갑고

냉정하기만 합니다.

누구한테든 위로를 받아 용기를 내고 싶습니다.

따뜻한 말이 필요합니다.

A : 가스 보일러, 난로, 전기장판, 모닥불, 아궁이, 페치카……

Q : 안녕하세요? 저는 결혼한 지 얼마 안 된 여성입니다만, 제 문제는 너무 부끄러운 것이라 남들에게 말을 못하고 속으로만 끙끙 앓아오던 것입니다.

제 남편은 커다란 시계상을 하고 있습니다.

그래서 그런지 항상 "지금이 몇 시 몇 분이지?" 하고 묻는 습관을 가지고 있습니다.

보통 때는 큰 문제가 되지 않습니다만, 잠자리에서조차 그런 말을 한답니다.

침대 위에서 여자를 안으며 "몇 시 몇 분이지?" 하고 묻는 제 남편, 대체 어쩌면 좋을까요?

A : 사실대로 말하세요. '몹'시 '흥'분이라고.

Q : 중학생인데요. 짧은 답변 부탁드립니다.

'삶은 계란'을 영어로 뭐라고 하는지 도무지 모르겠거든요.

A : Life is egg입니다.

Q : 안녕하세요? 저는 28세 되는 백수입니다.

자격증 시험에도 떨어지고 취직도 안 되고…… 하는 일마다 되는 게 없어서 한번은 미아리를 찾아가 점을 봤더니 용하다는 그 점쟁이가 이러는 겁니다.

'커다란 돈 뭉치가 정면으로 달려들 운세'라고 말예요.

저는 이 행운을 놓칠 수는 없습니다.

복권을 사는 게 좋을까요, 아니면 경마장을 가는 게 좋을까요?

A : 길을 건널 때 현금수송차를 조심하세요.

Q : 올해 나이 50이 되는 중년 남성입니다.

요즘 아랫배가 더부룩해지는 느낌이 들더니 커다란 문제가 발생했습니다.

콩을 먹으면 아래로 콩이 나오고 오이를 먹으면 곧바로 오이를 배설해버립니다. 세상에, 나오라는 건 안 나오고 말이죠…….

아직 정식으로 병원을 찾아가진 않았지만, 아마도 무슨 죽을병에 걸린 것 같습니다. 살려주십시오.

A : 똥을 드셔보세요. 그러면 똥이 나올 겁니다.

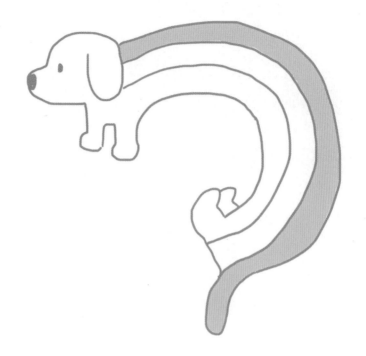

11

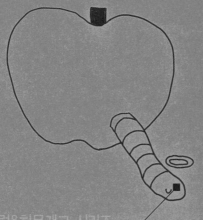

11장　기타 시리즈

유머지수 UP

가장 시원하고 화끈한 이야기는?
– 빙수공장에 불난 이야기

비타민이 하는 욕은?
– 비타민 C

프랑스인이 빨래를 널면서 하는 말은?
– 마르세유

내 것이지만 남이 더 많이 쓰는 것은?
– 이름

이혼이라는 말을 풀어쓰면?
– 이제 자유로운 혼자

모자가 여러 개 있으면?
– 밀짚모자

정조대왕의 가족은?
– 이산가족

백범 김구 선생이 쓴 것은?
- 안경

청바지를 가진 가수 이름은?
- 소유진

뒤를 보고 노래하는 가수는?
- 디바

교통사고를 세 글자로 줄이면?
- 붕어빵(붕~! 어~? 빵~!)

거지가 좋아하는 거지는?
- 떨거지

걱정이 많은 사람이 오르는 산은?
- 태산

게으른 사람이 바라는 기적은?
- 밍기적

입방아를 찧어 만든 떡은?
- 쑥떡쑥떡

책은 책인데 읽을 수 없는 책은?
– 주책

일본에서 제일 날씬한 사람은?
– 비사이로마까

일본에서 가장 뚱뚱한 사람은?
– 오는비다마저

일본에서 물고기를 가장 잘 잡는 사람은?
– 다나까(다 낚아)

다나까의 스승은?
– 더나까(더 낚아)

머리가 아플 때 약을 얼마나 먹어야 할까?
– 두통

비빔면을 먹다가 양념을 팔에 흘리면?
– 팔도비빔면

술 마실 때 왜 슬플까?
– '짠'하니까

스님은 들어갈 수 없는 대학교는?

– 중앙대(중 안 돼)

못은 왜 피가 안 날까?

– 모세혈관(못에 혈관)이 없어서

세상에서 가장 쉬운 숫자는?

– 19만(십구만)

송해, 송혜교, 송중기, 송일국의 공통점은?

– 성동일

소가 계단을 올라가면?

– 소오름

과자가 자기를 소개할 때 하는 말은?

– 전과자(전 과재)입니다.

스타벅스 안을 걸을 때 나는 소리는?

– 스벅스벅

물리치료사는 왜 물리치료사인가?

– 병을 물리치려고

세종대왕의 직업은?
- 만 원짜리 전속모델

남자 팬티를 다섯 글자로 하면?
- 고추잠자리

베를린에서 음식을 먹으면 안 되는 이유는?
- 독일 수도 있어서(베를린은 독일 수도다)

도시가 잠기면?
- 도시락

채소가게 아저씨 아들이 성적 올리는 방법은?
- 쑥쑥 올린다

차문을 세게 닫으면 안 되는 이유는?
- 차문은 네 개라서

설운도가 옷 갈아입을 때 하는 말
- 상하의 상하의 상하의~

수박 한 통은 만 원, 그럼 두 통에는?
- 게보린

5가 제일 싫어하는 곳은?

– 오페라하우스

서울에 산이 없다고 빡빡 우기는 학교는?

– 서울산업대(서울 산 없데)

닭이 스키니진을 입으면?

– 꼬끼오

자동차를 툭 치면?

– 카톡

임금 중에 제일 가난한 임금은?

– 최저임금

한국에서 양을 많이 안 키우는 이유는?

– 양도소득세 내서

신들이 다니는 길은?

– 갓길

대머리는 총 쏠 때 한 발밖에 못 쏜다. 그 이유는?

– 두발이 없어서

내가 직접 만든 총은?
- 손수건

인도는 지금 몇 시?
- 4시(인도네시아)

예수님이 옷 사러 가서 맘에 드는 옷을 발견했을 때 하는 말은?
- 예루살램

근데 그 옷이 작으면?
- 아 씹자가

논리적인 사람이 총을 쏘는 소리는?
- 타당타당

232

오토바이 시리즈

국산 오토바이는?

– 바이코리아

일본 오토바이는?

– 이빠이

북한 오토바이는?

– 아바이

뽀뽀하면서 타는 오토바이는?

– 뽀빠이

앞바퀴가 두개, 뒷바퀴가 두개 달린 오토바이는?

– 바이바이

큰 오토바이는?

– 빅파이

빅파이의 자매품은?

– 초코파이

빅파이를 타는 사람은?

– 스파이

품질이 우수한 오토바이는?

– 굿바이

절대 안 넘어지는 오토바이는?

– 스탠바이

오토바이보다 한 단계 빠른 것은?

– 육토바이

착각 시리즈

남자들의 착각

조금만 운동해도 권상우나 비처럼 되는 줄 안다.
자기는 배경이 없어서 성공을 못한다고 생각한다.
무뚝뚝하면 멋있어 보이는 줄 안다.
여자가 쳐다보면 자기한테 호감 있는 줄 안다.
여자가 정말 싫어서 싫다고 해도 좋은데 튕긴다고 생각한다.
솔직히 자기 정도면 괜찮은 남자인 줄 안다.
못생긴 여자는 꼬시기 쉬운 줄 안다.
임자 없는 여자는 다 자기 여자가 될 수 있을 줄 안다.

여자들의 착각

예쁜 여자를 보면 성격이 나쁠 거라고 생각한다.
고만고만한 친구들 사이에서 자기가 젤 예쁜 줄 안다.
망사 스타킹에 손톱 길면 섹시한 줄 안다.
애교 떨면 다 귀여워 보이는 줄 안다.

사진 좀 잘 나오면 자기가 세상에서 제일 예쁜 줄 안다.
남자가 먼저 말 걸어오면 자기한테 관심 있는 줄 안다.
남자가 같은 방향으로 뒤따라오면 관심 있어서 따라오는 줄 안다.
자기는 절대 아줌마가 안 될 줄 안다.

재수생의 착각

이번 수능은 잘 볼 줄 안다.

커플들의 착각

자기들이 굉장히 아름다운 사랑을 하고 있는 줄 안다.

실연자의 착각

자신이 세상에서 가장 슬픈 줄 안다.

강아지들의 착각

사람 앞에서 애교 떨면 먹을 거 주는 줄 안다.

공부 못하는 이들의 착각

공부를 못하는 것이 아니라 안 하는 것이라고 생각한다.

대학생들의 착각

맘만 먹으면 A⁺ 받을 수 있을 줄 안다.

얼리어댑터들

먼저 써본 게 자랑인 줄 안다.

연애하는 남녀의 착각

결혼만 하면 깨가 쏟아질 줄 안다.

배터리

사람 몸이 되게 핸드폰 배터리 같음.
어릴 때는 반나절만 쉬어도 쉽게 피로가 풀리고 배터리도 오래가는데, 나이가 들면 들수록 충전기간이 길어지고 방전은 빨리 됨. 아무것도 안 해도 배터리가 착착 떨어지고 온종일 쉬어도 충전이 반도 안 됨.

배터리 리필하듯 내 몸 배터리도 새 걸로 리필 안 되나?

이거 말 되네

'남자들은 모두 도둑놈이다'를 세 글자로 줄이면?
- 경험담

실업자의 마지막 카드는?
- 로또

변태가 되어가는 징조?
- "절 받으세요."라는 말이 야하게 들린다.

부가가치세의 원조는?
- 십일조 헌금

접촉사고 쌍방과실이란?
- 키스하다 혀 물렸을 때

만년 실업자의 새해 소망은?
- 나도 근로소득세 좀 내봤으면…….

238

우리나라에서 가장 오래된 화장실은?

– 전봇대

죽었다 깨어나도 못하는 일은?

– 죽었다 깨어나기

'낯선 여자에게서 내 남자의 향기를 느꼈다'를 다섯 글자로 줄이면?

– 혹시 이년이?

운전 중에 3개 국어를 동시에?

– 핸들 이빠이 꺾어!

쓰레기통에 뚜껑을 덮어놓은 이유는?

– 먼지 들어갈까봐.

'애 낳다가 죽은 여자'를 네 글자로 줄이면?

– 다이애나

'당신은 시골에 삽니다'를 세 글자로 줄이면?

– 유인촌

곤충의 몸통을 3등분하면?

– 죽·는·다

뉴코아 백화점이 무너지지 않는 이유는?

– 리본으로 묶어놔서

가짜 휘발유를 만들 때 가장 많이 들어가는 재료는?

– 진짜 휘발유

애들이 학교에 가는 이유는?

– 학교가 올 수는 없으니까